rowohlt paperback

«Eine gute Geschichte, auch wenn sie leichtfüßig erzählt wird, ist mehr wert als alle Interpretationen der Welt.« *(La Vanguardia)*

Antonio Muñoz Molina

Carlotas Liebhaber

Roman

Aus dem Spanischen von
Sabine Giersberg

Rowohlt Taschenbuch Verlag

Die Originalausgabe erschien 1999
unter dem Titel «Carlota Fainberg»
bei Alfaguara, Madrid

Deutsche Erstausgabe
Veröffentlicht im Rowohlt Taschenbuch Verlag
GmbH, Reinbek bei Hamburg, Januar 2002

Umschlaggestaltung Cordula Schmidt/Notburga Stelzer
(Foto: Tony Stone)
Satz Electra PostScript (PageMaker)
bei Pinkuin Satz und Datentechnik, Berlin
Druck und Bindung Clausen & Bosse, Leck
Printed in Germany
ISBN 3 499 23096 8

Die Schreibweise entspricht den Regeln
der neuen Rechtschreibung.

Für Bill Sherzer,
in Erinnerung an Buenos Aires
und New York und an unsere Gespräche
über Carlota Fainberg

Blind Pew

Fern vom Meer und vom schönen Krieg, denn so
lobt Liebe das, was sie verloren hat,
zog kreuz und quer der blinde Bukanier
auf Englands erdigen Wegen dahin.

Verbellt von den Hunden der Gehöfte,
verspottet von den Dorfjungen, so schlief
er einen siechen und zerstückelten
Schlaf im schwarzen Staub der Straßengräben.

Er wusste, dass an fernen Goldgestaden
ein verborgener Schatz sein eigen war,
und das linderte sein widriges Los;

auch deiner harrt an anderen Goldgestaden
dein Schatz, der unverweslich ist: der weite
und undeutliche, notwendige Tod.

Jorge Luis Borges: *Borges und ich*

Vorbemerkung des Autors

Die Geschichte von *Carlota Fainberg* erfand ich im Sommer 1994, als Juan Cruz mir vorschlug, für *El País* eine fortlaufende Erzählung zu schreiben, die – so lautete die einzige Bedingung – etwas mit der *Schatzinsel* zu tun haben sollte, da sich in jenem Jahr das Erscheinen dieses wunderschönen Romans zum hundertsten Male jährte. Die Wege des Geschichtenerfindens sind verschlungen: in die Erzählung floss die Erinnerung an ein paar Reisen nach Buenos Aires, an ein Semester als Gastprofessor an der Universität von Virginia, an eine Autofahrt durch den Bundesstaat Pennsylvania und ein Sonett von Borges über eine Figur aus Stevensons Roman ein, den blinden Pew, der uns so viel Angst machte, als wir ihn zum ersten Mal lasen. Fainberg ist der Nachname einer lieben argentinischen Freundin, Mónica Fainberg, die die Pressearbeit beim Verlag Seix Barral leitete, als ich dort meine ersten Bücher veröffentlichte, und die mich auf ihre herzliche Art und mit ihrer Erfahrung bei meinen ersten Schritten durch diese Welt geleitete, in der ein Neuling sich nicht immer leicht zurechtfindet.

Eine Geschichte zu erfinden heißt von vornherein, ihre Länge und ihre Form zu erahnen. Als ich *Carlotas Liebhaber* abgeschlossen hatte, stellte ich fest, dass die Grenzen der Erzählung, die ich mir selbst gesetzt hatte, zu eng waren für all das, was ich erzählen wollte, für diese Ströme an Worten und Bildern, die die Personen und Schauplätze in mir weckten. Aber Schreiben heißt nicht einfach, sich vor ein Blatt Papier oder den Computer setzen, es heißt auch abwarten, bis die Dinge sich in der Vorstellung, aber auch im Vergessen gesetzt haben, warten, bis der richtige Moment gekommen ist, um sie hervorzuholen. Ich brauche nicht lange, um eine Geschichte zu schreiben, aber ich brauche zusehends länger, bis ich mit dem Schreiben anfange. Zwischen dem Moment, in dem ich eine Idee für eine Geschichte habe, und ihrer Niederschrift können viele Jahre liegen, und diese lange Zeit, in der man untätig ist, scheint mir ebenso wichtig zu sein wie die, in der man tatsächlich an einem Buch arbeitet.

Ich brauchte fünf Jahre, um zu der Geschichte von Carlota Fainberg zurückzukehren, die ruhte, aber nicht vergessen war, und ohne es zu merken, reifte ich durch andere Reisen, Erfahrungen, Gespräche und Lektüren. Im Frühjahr dieses Jahres fing ich an sie umzuschreiben, und zu meiner Überraschung drängte sich mir plötzlich so etwas wie eine neue Erfindung auf, die mit jeder Zeile des ursprünglichen Entwurfs immer weiter gedieh. Die Melodie ist immer noch dieselbe, aber ich glaube, das Tempo, im musikalischen Sinne, hat sich durch Wellen und Nachklänge verlangsamt. Das Ergebnis ist nicht, wie ursprünglich geplant, eine lange Erzählung, sondern ein Kurzroman, und ich weiß genau, welcher Gefahr ich mich aussetze, wenn ich diesen Begriff verwende. Viele Romane, die derzeit publiziert werden, sind rein technisch betrachtet Kurzromane, aber ihre Autoren und Verleger versuchen den Begriff zu vermeiden, weil das Kurze als minderwertig und zweitrangig eingestuft wird. Wenn jemand sagt, er habe einen Kurzroman geschrieben, setzt er sich sofort dem Verdacht aus, er habe nicht den Atem oder das Talent, einen langen Roman zu schreiben. Aber der Kurzroman ist vielleicht die Erzählform, in der das schriftstellerische Können am deutlichsten aufscheint. Wer *The Turn of the screw*, *Morels Erfindung*, *Der Tod in Venedig*, *Die Abschiede* oder *Dr. Jekyll und Mr. Hyde* liest, findet dort zugleich die Intensität und die Einheit des Lektüreaktes, wie sie für eine Erzählung typisch sind, und den inneren Weitblick des Romans. Wir schreiben Bücher aus demselben Grund, aus dem wir sie lesen: Weil es Spaß macht. Als eingefleischter Leser von Kurzromanen habe ich es sehr genossen, die Geschichte der Carlota Fainberg zu erfinden und niederzuschreiben, und ich habe es ein wenig bedauert, dass sie so schnell zu Ende war.

Antonio Muñoz Molina, 1999

I

«Ich glaube nicht, dass ich noch einmal nach Buenos Aires zurückkehren werde.»

Der Mann neben mir sprach diese Worte weniger traurig als mit theatralischer Emphase. Dann schwieg er einige Augenblicke und nippte gedankenverloren an seiner Diet Pepsi. Man merkte, dass er diese Worte schon oft gedacht, dass er sie sich selbst laut vorgesagt hatte, wie jemand, der schlechtes Benehmen oder eine Beleidigung einstecken musste und sich nun im Bett herumwälzt und immer wieder die Antwort wiederholt und korrigiert, die ihm in dem Moment nicht eingefallen ist oder die er sich nicht auszusprechen traute. Hinter der Scheibe fiel der Schnee so dicht, dass man nichts mehr sehen konnte, und das schwindende Tageslicht wirkte um zwei Uhr nachmittags schon so neutral und unnatürlich wie die Neonröhren, die die riesigen Hallen des Flughafens von Pittsburgh erleuchteten.

«Sicher, ich habe es Mariluz versprochen, als wir damals die Aussprache hatten, und mir keine andere Wahl blieb, als ihr alles zu beichten» – er sah mich dabei nicht an, sein Blick war auf die stillen Schneewirbel gerichtet, und vielleicht hatte diese Geste etwas Unaufrichtiges und Theatralisches. «Aber du verstehst mich, Claudio, das ist nicht der wahre Grund. Meine Frau ist nicht dumm, sie weiß, dass sich immer wieder Gelegenheiten bieten und dass sich ein Mann trotz allem guten Willen nicht immer in der Gewalt hat, sonst wäre er kein Mann. Ich will die Erinnerung nicht zerstören, verstehst du, was ich meine? Den Zauber jener Tage.»

Ich hatte ein paar Stunden mit ihm verbracht, und mir wurde

bewusst, dass ich nicht einmal seinen Namen kannte. Er hatte ihn mir gesagt, er hatte mir sogar eilfertig seine Visitenkarte in die Hand gedrückt, noch bevor wir uns auf die Hocker der pseudoenglischen Bar in der Transitzone des Flughafens von Pittsburgh gesetzt hatten, aber ich hatte nicht richtig hingehört oder den Namen sofort wieder vergessen, und jetzt befand ich mich in der absurden Situation, dass mir ein Unbekannter, der mich mit meinem first name ansprach und so tat, als wären wir schon ein Leben lang Freunde, sein Herz ausschüttete und mir von seinen sexuellen Eskapaden berichtete. As a matter of fact, wie man hier sagt, hatten wir uns zum ersten Mal so gegen elf a. m. an einem Zeitungsstand getroffen, oder besser gesagt, er hatte aus meiner Manteltasche eine alte Ausgabe von *El País Internacional* herausschauen sehen und sich sofort auf Spanisch an mich gewandt, absolut sicher, wie er mir später sagte, dass wir Landsleute waren.

«Glaub mir, das sagt mir die Erfahrung, Claudio» – ich erinnerte mich nicht an seinen Namen, aber meinen führte er bereits ganz selbstverständlich im Mund. «Ein Spanier erkennt einen anderen schon, bevor er ihn sprechen gehört hat, er braucht ihn nur anzusehen. Du gehst in der rush hour durch New York, zum Beispiel durch die Fifth Avenue, und du siehst an einer Ampel von hinten ein Paar, beide mit Hemd und Jeans bekleidet, Mitte dreißig, sie mit einem fülligen Hintern, nagelneuen Turnschuhen und einem über die Schulter gelegten oder um die Taille gebundenen feinen Pullover, und ich weiß nicht warum, aber du weißt ganz genau, du könntest schwören: Das sind Spanier. Was willst du machen, wir haben eben dieses äußere Erscheinungsbild, diesen look, wie man jetzt sagt.»

Es missfiel mir, dass ein so gewöhnlicher Mensch sich Aussagen über das herausnahm, was er mein Erscheinungsbild nannte. Wenn, um es mal ganz deutlich zu sagen, eine derart billige

Figur mich so schnell als Landsmann identifizieren konnte, teilte ich vielleicht, ohne dass es mir bewusst war, einen Teil seiner Gewöhnlichkeit, seiner ungehobelten spanischen Offenheit. Ich muss hinzufügen, dass ich mich mit den Jahren an die Formalität und die Zurückhaltung der amerikanischen universitären Etikette gewöhnt habe – was mir anfangs äußerst schwer gefallen ist – und dass ich mich unwohl oder, um genau zu sein, embarrassed fühle, wenn jemand mir auf übertriebene Weise seine Sympathie bekundet, was fast immer mit schlechter Erziehung einhergeht.

Und da ist noch etwas, was ich nicht verschweigen sollte: Auf Reisen bin ich vollkommen unfähig, mich anderen Menschen zu öffnen. Kaum verlasse ich das Haus Richtung Flughafen oder Bahnhof, ist es, als würde ich mit einem Tauchanzug unter Wasser gehen, und jede Androhung eines Gesprächs ist mir lästig. Ich bin das, was die Soziologen hier mit einer treffenden Metapher als Cocoon-Typ bezeichnen. Selbst wenn ich nicht in meinem gut geheizten und mit dicken Teppichen ausgelegten Haus bin, bin ich überall vom wärmenden Kokon meiner comfortable privacy umgeben. Ich schlage begierig die für die Reise ausgewählten Bücher und Zeitschriften auf, oder ich greife, wenn ich viel Arbeit habe und dringend ein paper fertig stellen muss, zu meinem kleinen Computer, meinem unverzichtbaren Laptop; ich setze meine Lesebrille auf, die extra an einer Kette hängt, damit ich sie nicht verliere, stecke die andere in das Etui, verstaue es in der Innentasche meines Jacketts, und noch mitten im größten Getümmel am Flughafen ist es für mich, als befände ich mich in meinem Büro an der Universität, gegen Ende des Semesters, wenn kaum noch Studenten da sind und in den Hörsälen und den begrünten Innenhöfen eine wahrhaft klösterliche Stille herrscht.

Als dieser Mann mich ansprach und auf die aus meiner Tasche herausschauende Zeitung zeigte, wollte ich sie erst schnell verstecken oder so tun, als ob ich seine Sprache nicht verstünde, aber es war natürlich zu spät, um noch mit Anstand aus der Situation herauszukommen. Ich war unangenehm berührt, trotzdem lächelte ich und sagte, ja, ich sei Spanier, und diese Gemeinsamkeit ließ ihn sofort lebhaft vermuten, dass es noch andere gäbe und dass auch ich auf den Aufruf des Fluges von United Airlines nach Miami wartete. Ich sagte nein, ohne zu erwähnen, auf welchen ich wartete, aber es half nichts, weil er, dem die unsichtbaren, aber eindeutigen Barrieren fremd waren, die bestimmte Formen des Schweigens in Amerika schaffen, sofort fragte, welchen Flug ich denn nehmen wolle. Ich war in dem Moment nicht standhaft genug, die entsprechende angelsächsische Reserviertheit an den Tag zu legen und ihm diese Information zu verweigern. Das Flugzeug, das ich schon vor Stunden hätte nehmen sollen, würde, wenn der Schneesturm irgendwann einmal nachließe, nach Buenos Aires fliegen, und als ich diesen Namen aussprach, war ich, ohne es zu wissen, vollends verloren. Es stellte sich heraus, dass mein Landsmann diese Stadt wie seine Westentasche kannte, und dann streckte er forsch die Hand aus, was mich einen übertrieben kräftigen Händedruck, wie er bei Managern und Verkaufsleitern in Spanien vor ein paar Jahren üblich war, befürchten ließ.

Getröstet durch die Aussicht auf ein paar Stunden Ruhe und Zeit zum Lesen hatte ich mich ohne Probleme mit dem Blizzard abgefunden, der, den Wetterkarten und den bedrohlichen Satellitenbildern nach zu urteilen, in einer langsamen Spirale den gesamten Nordosten der Vereinigten Staaten unter Schnee begrub. Es hatte schon sehr stark geschneit, als ich mitten in der Nacht den komfortablen und fast leeren Schnellzug von Humbert, Pennsylvania, nach Pittsburgh nahm. Der Bahnhof liegt (zumindest für amerikanische Verhältnisse) ganz in der Nähe des Humbert College, wo ich mir in den letzten Jahren eine ehrenvolle, aber noch unsichere Position als associate professor erarbeitet habe. Ich hätte einen Kollegen vom Institut oder einen Studenten um einen ride zum Bahnhof bitten können, aber ich zog es vor, mein Auto zu nehmen und es in der nahe gelegenen Tiefgarage abzustellen, weil ich so niemanden um einen Gefallen bitten musste, was immer etwas unpleasant ist. (In Amerika gibt es eine klare, wenngleich für den Uneingeweihten unsichtbare Grenze, worum man jemanden bitten kann und worum nicht, und wenn man sie überschreitet, kann das unangenehme Folgen haben: Plötzlich ist die freundliche Oberfläche der Dinge getrübt, und der Blick und das Lachen bekommen etwas Ausweichendes).

Ich hatte noch nicht akzeptiert, dass mich das Unwetter möglicherweise zwingen würde, diese ersehnte und in dieser entscheidenden und quälenden Phase meiner akademischen Laufbahn beruflich so wichtige Reise abzubrechen. Aber an diesem Morgen behielten die weather forecasts im Radio wieder einmal Recht, wie üblich in diesem Land. Wie angekündigt, fing es um Punkt sieben an zu schneien. In meiner ersten Zeit in Amerika gab ich mit der typischen spanischen Ungläubigkeit nichts auf die Wettervorhersagen, was mich mehr als einmal in eine unangenehme Lage gebracht hat, denn bei einem Schneesturm amerikanischen Ausmaßes kommt man mit läppischen Improvisationen nicht weit. Erstaunen und Schrecken angesichts der Weite des Raumes und der fürchterlichen Gewalt der Natur, das sind die ersten Erfahrungen, die der Neuankömmling aus Europa in diesem riesigen Kontinent macht.

Ich war mir auf einmal sicher, dass es einer von den Jahrhundert-Blizzards werden würde. Beim Check-in verspürte ich leichtes Herzklopfen. Ich spürte, dass ich es nicht ertragen könnte, wenn der Flug gestrichen würde, mir war der Gedanke unerträglich, zu dem freundlichen, aber deprimierenden Bahnhof zurückkehren zu müssen, zu dem Parkhaus (entsetzlich, dass es jetzt in Spanien überall «parking» heißt), zu dem muffigen Geruch der Autoheizung, zu den leeren schneebedeckten Innenhöfen des Humbert College, zu meinem Häuschen in der Humbert Lane, wo ich mich manchmal freitagmittags nach der letzten Unterrichtsstunde einschließe und bis Montag mit niemandem rede. Wie endlos sich dann die Zeit ausdehnt, heimelig und abgründig zugleich, leicht bedrückend wie die Heizung, wie die perfekte Isolierung der Häuser gegen die Kälte draußen und gegen die Dunkelheit in den Nächten, in denen auf der ganzen Humbert Lane weit und breit niemand zu sehen ist. Die einzigen Spuren menschlichen Lebens sind die Scheinwerfer eines vorbeifahrenden Autos, man hört nicht einmal das Motorengeräusch, denn die Fenster sind so abgedichtet, dass nichts hereindringt.

Die freundliche junge Frau am desk macht mir jedoch Hoffnung: Nach letzten Berichten sollte sich der Sturm in den nächsten Stunden legen, noch bevor er richtig ausgebrochen war, und das hieß, dass einige Flugzeuge doch würden starten können, darunter, so versicherte sie mir mit einem zwar geschäftsmäßigen, aber doch aufmunternden Lächeln, ganz bestimmt auch meines.

Ich wusste, dass bei dem Kongress in Buenos Aires mein Vortrag über *Blind Pew*, das meiner Ansicht nach zu den erlesensten Sonetten von Borges zählte, mit einer gewissen Spannung erwartet wurde. Aber mehr als die zweifellos damit verbundene Befriedigung beruflichen Ehrgeizes trieb mich das in meiner mediterranen Herkunft begründete, nur halb eingestandene Verlangen, wieder mal in einer Stadt zu sein, wo Menschen durch die Straßen flanieren, wo man in Bars und Kaffees Gläser klirren und Menschen reden hört (aber unglücklicherweise auch den

Zigarettenrauch ertragen muss). Ich stellte mir einen warmen südlichen Herbst vor, der mich für den unerbittlichen Winter in Pennsylvania, der in diesem Jahr an Härte und Dauer alle Rekorde des Jahrhunderts zu brechen drohte, entschädigen oder mich zumindest ein wenig trösten würde. Ich bin kein Mann, dem die Einsamkeit zu viel wird oder der sich von der winterlichen Monotonie am Humbert College entmutigen lässt, die andere unerträglich finden. Aber dieses spring semester (auch wenn das Wort spring hier unfreiwillig sarkastisch klingt) war mir so lang geworden wie keines zuvor in meiner nun doch schon recht langen Zeit in Amerika, und als dann das Schreiben mit dem Briefkopf der Universidad Nacional San Martín die Bestätigung meiner Einladung zu dem Vortrag über Borges brachte, war ich, ungelogen, außer mir vor Freude. Eilig machte ich mich daran, freundlich, aber hartnäckig das Büro von Morini, dem Chairman des Instituts zu belagern, bis ich das gewünschte go ahead bekam. Auch wenn es sich um eine Formalität handelte, war es für mich außerordentlich wichtig: bald würde über meine Beförderung zum full professor entschieden, wovon ich immer geträumt habe, und jedes Verdienst, das ich in mein CV aufnehmen konnte, war von im wahrsten Sinne des Wortes entscheidender Bedeutung.

Morini, der den Vorzug besitzt, dass er Lateinamerikaner ist, hatte mit der ihm eigenen Geschicklichkeit in Verwaltungsangelegenheiten erreicht, dass das Institut die Reisekosten übernahm (die Universität in Buenos Aires würde das Hotel und den Aufenthalt zahlen). In seinem Büro verabschiedete er sich herzlich von mir, und seine Gewogenheit ließ mich für die Zukunft das Beste hoffen. Dennoch musste er eine seiner üblichen Sticheleien loswerden, die zu überhören ich mir im Verlauf der Jahre angewöhnt hatte:

«Ich hoffe, dass bei der Ankunft im Cono Sur nicht der spanische Eroberer in Ihnen erwacht und Sie Lust bekommen, ein paar Indios zu massakrieren.»

Typisch Morini. Das ist auch so eine Erfahrung, die man als Spanier in Amerika macht: Man muss sich damit abfinden, das gesamte Gewicht der «schwarzen Legende» von den spanischen Kolonialgräueln auf seinen Schultern zu tragen. Aber Hauptsache, ich konnte meinen Vortrag in Buenos Aires halten, und der ungewöhnlich warme Händedruck von Morini bei der Verabschiedung schien ein gutes Omen. Außerdem wäre durch eine glückliche Fügung genau zum Zeitpunkt meines Besuchs mein Freund und Kollege Mario Said dort, den ich Jahre nicht gesehen hatte, seit er aus einem Mangel an Geduld oder Sehnsucht nach Argentinien zurückgekehrt war und eine wissenschaftliche Karriere in den Vereinigten Staaten aufgegeben hatte, die vielleicht nicht so glänzend war, wie sein Talent hoffen ließ.

Im Leben sind die großen Einbrüche von Glück oder Unglück weit weniger häufig, als uns die Romane und Kinofilme glauben machen wollen. Nach meiner Erfahrung (die auch nicht sehr groß ist, wie ich gleich hinzufügen muss) zählen in der Biographie eines jeden mehr die kleinen disappointments, die einem die wenig spektakulären, eher bescheidenen und von daher soliden Gelegenheiten zu persönlicher Befriedigung zunichte machen. Als dieser unwillkommene Landsmann mich am Flughafen von Pittsburgh in eine zweifelhafte Oak Bar schleppte, wo schon zwei traurige dicke Männer, offenkundig rednecks, vor ihrem Bier saßen, um dort einen Kaffee, «oder etwas Stärkeres», wie er sich ausdrückte, zu trinken, wurde mir bewusst, dass ich in den verbleibenden Stunden bis zum Start die Lektüre und einfach nur die freudige Erwartung der Reise genießen wollte, und wie rücksichtslos dieser Mann mir einen Teil meiner Zeit stahl, den ich nie mehr zurückbekommen würde.

Ein paar unwiederbringlicher Stunden meines Lebens beraubt, ballte ich meine Faust in der Tasche und ließ mich von ihm zu etwas einladen, natürlich nicht zu einem Bier, sondern vernünftigerweise zu einem milk shake. Ich nickte zustimmend, während er sprach, und lächelte, ohne ihn richtig anzusehen oder gar auf ihn einzugehen, so wie man es auf Partys macht. So kam es, dass ich seine Karte entgegennahm und auch einen Blick darauf warf, als ich sie wegsteckte; ich hatte auch seinen Namen gehört, als er mir so kräftig die Hand drückte, und trotzdem nicht mitbekommen, wie er hieß, oder vielleicht hatte ich es mitbekommen, mir aber seinen Namen nicht gemerkt, ach was, die Silben seines Namens waren gar nicht erst bis zu den Sektoren der Hirnrinde vorgedrungen, wo die auditive Wahrnehmung interpretiert (oder besser gesagt entschlüsselt) wird. Ich glaube, ich habe ihm erst später ein wenig Gehör geschenkt oder ihn ernster genommen, als er schweigend vor dem großen Fenster stand, hinter dem das Schneegestöber heftiger wurde, und etwas sagte, das, ohne dass er etwas davon ahnte, eine merkwürdige Intertextualität zu meinem Sonett von Borges aufwies.

«Aber es macht nichts, wenn ich nicht nach Buenos Aires zurückkehre, es ist, als würde dort immer ein Schatz auf mich warten.»

II

Vor diesem großen Fenster, gegen das mit leiser Wucht die vom Wind getriebenen Schneeflocken prallten, schien das Wort Buenos Aires auf untröstliche Weise eine unerreichbare Stadt zu benennen, einen Ort jenseits des Winters, an den ich nie gelangen würde. Während mein unwillkommener Landsmann weiter auf mich einredete, beobachtete ich, ohne ihm zuzuhören, aus den Augenwinkeln den Monitor, auf dem vielleicht von einem Moment zum anderen mein Flug gestrichen würde. Ohne meine absentmindedness zu bemerken, trank er seine Diet Pepsi aus, legte die Hand auf den Mund, um einen diskreten, aber hörbaren Rülpser zu verbergen, und bot sich an, noch zwei Getränke zu holen. (Aus der nachgemachten Oak Bar hatte man uns eine Stunde zuvor wegen kleinlicher und völlig willkürlicher Vorschriften des Bundesstaates Pennsylvania zu Verkauf und Konsum von Alkohol vertrieben.) Ich wollte ihm die beiden quarters für meine Pepsi geben, aber er musste mich in dieser typisch spanischen Manier, die auf mich rückblickend slightly disgusting wirkt, noch ein drittes Mal einladen. Ich bin diese herzlichen und keinen Regeln folgenden Einladungen, die in Spanien üblich sind, nicht mehr gewohnt, und es macht mich nervös, ja es bringt mich fast schon so aus der Fassung wie die Amerikaner, nicht zu wissen, wann und in welcher Form eine Gegeneinladung erwartet wird. Ist da nicht die angelsächsische Sitte praktischer, die Rechnung zu teilen, und so die Gefahr zu vermeiden, etwas schuldig zu bleiben oder zu viel zu bezahlen? Aber diesem Mann waren solche Unsicherheiten völlig fremd, er machte alles mit einer verblüffenden Ungezwungenheit, ging durch den

Flughafen und machte es sich auf den Plastikstühlen bequem, als wäre er der unumschränkte Herr des Raumes, es machte ihm nichts aus, jemanden zu streifen oder anzustoßen, und Entschuldigung oder excuse me in einem unmöglichen Englisch zu sagen, er bemerkte die argwöhnischen oder feindseligen Blicke der anderen gar nicht, benahm sich, als befände er sich an der Theke einer dieser Tapabars, von denen ich glaube, dass es sie in Madrid noch gibt, in denen die Leute ohne jede Scham vor körperlicher Nähe aufeinander treffen, schwitzen und sich anrempeln und sich ebenso unbekümmert lautstark unterhalten oder nach dem Kellner rufen.

Während er zum Getränkeautomaten ging, nutzte ich die Zeit, um schnell einen Blick auf die Karte zu werfen, die er mir gegeben hatte:

Marcelo M. Abengoa
Strategical Advisor
Worldwide Resort

Die Begeisterung spanischer Unternehmer und Manager für die englische Sprache ist rührend, vor allem wenn man bedenkt, dass die meisten eine angeborene Unfähigkeit zeigen, sie auch nur halbwegs anständig, ohne diesen peinlichen Akzent zu sprechen.

Der von Señor Abengoa war einfach too bad, aber er kompensierte diesen Mangel durch eine beneidenswerte Ungezwungenheit, die mir noch nicht zu Eigen ist, obwohl ich schon so viele Jahre in Amerika lebe und täglich Englisch spreche. Es macht mir immer noch Angst, wenn ich ein schwer auszusprechendes Wort benutzen muss, und ich habe festgestellt, dass depressive Stimmungen einen starken Einfluss auf meine Sprachbeherrschung haben. Entgegen allen Erwartungen konnte Abengoa sich verständlich machen, und zwar nicht nur an der Bar oder am Ticketschalter, sondern auch, wie er mir selbst ganz freimütig und (erstaunlicherweise) ohne jeden Anflug von Eitelkeit sagte, bei schwierigen Geschäftsverhandlungen in Europa oder den Vereinigten Staaten, und in der letzten Zeit auch in asiatischen Ländern, in Thailand oder Indonesien, denn die Firma, bei der er arbeitete, hatte angefangen, dorthin zu expandieren.

«Wir Spanier sind dabei, uns die Welt einzuverleiben, Claudio, und wir mit unserem Minderwertigkeitskomplex merken es nicht einmal. Wo wir hinkommen, entschuldigen wir uns, anstatt mit voller Kraft loszupreschen und das Grab von Don Quijote doppelt abzuschließen.»

Aus einem beruflichen Reflex heraus war ich versucht, ihn zu korrigieren und ihm zu erklären, dass nach dem veralteten Spruch von Joaquín Costa nicht das Grab von Don Quijote, sondern das des Cid doppelt abgeschlossen werden sollte, aber dieses Beispiel unfreiwilliger Intertextualität, diese Mischung, man möge mir die Pedanterie verzeihen, aus verstaubtem Patriotismus und freudian slip fand ich fast anrührend; sie war vielleicht ein hervorragendes Beispiel für das, was Umberto Eco während eines denkwürdigen Vortrags in der Humbert Hall *la fertilitá dell' errore* nannte. By the way, von da an nahm Morini, vielleicht aufgrund seiner Position, das Recht für sich in Anspruch, nur noch von «Umberto» zu sprechen, wenn von dem berühmten italienischen Gelehrten die Rede war: Umberto hätte ihm eine sehr herzliche E-Mail geschrieben, Umberto würde ihm das Vorwort zu der italienischen Übersetzung schreiben, der Dekan hätte ihn, Morini, gebeten, er möge seinen Freund Umberto bitten, eine Gastprofessur anzunehmen. Zweifellos sind die Lateinamerikaner, auch wenn sie noch so sehr auf ihre Identität und ihre indianischen Wurzeln bedacht sind, uns Spaniern hinsichtlich ihrer kosmopolitischen Gewandtheit weit überlegen. Auf dem Umtrunk nach der viel besuchten Veranstaltung des ausgezeichnete Semiologen und (in meinen Augen) fragwürdigen Romanciers duzte Morini ihn frei heraus und sagte mit dem Glas in der Hand immer wieder «lieber Umberto». Ich traute mich gerade noch, auf ihn zuzugehen und mit belegter Stimme «Congratulations, Mr. Eco» zu murmeln, dann zog ich mich flugs in eine andere Ecke zurück, unter anderem, weil Morini vergessen hatte, mich vorzustellen (bestimmt nur, weil er als Gastgeber so aufgeregt war), und durch seine eigene Präsenz fast den ganzen Raum um den Meister für sich beanspruchte.

«Deine Pepsi, Claudio», sagte Abengoa, hielt mir die eiskalte Dose hin und wies mit der typisch spanischen Entrüstung die Münzen zurück, die ich ihm geben wollte. Er setzte sich neben mich, vor die große Glasscheibe, und schnalzte nach dem ersten Schluck angewidert mit der Zunge. «Ach, was gäbe ich für ein schönes Glas Mahou mit viel Schaum in der Bierstube Santa Bárbara in Madrid, mit, sagen wir, gut gesalzenen Mandeln und einem Teller Herzmuscheln ... Und dazu eine Frau, das sind die beiden schönsten Dinge im Leben, das Paradies auf Erden.»

Mein gesprächiger Landsmann fing langsam an mich zu interessieren, mehr seiner textuellen als sexuellen Verstrickungen wegen und aufgrund der Art und Weise, wie ich als Leser seinen Diskurs dekonstruieren konnte, indem ich nicht von der Autorität ausging, die er ihm verlieh (ist schon genügend auf die Parallelen und Äquivalenzen zwischen authorship und authority hingewiesen worden?), sondern von meinen eigenen Interpretationsstrategien, die von dem *hic et nunc* unseres Zusammentreffens und – um es offen und ehrlich zu sagen – von meinen Interessen bestimmt wurden. Es gibt weder eine unschuldige Erzählung noch eine unschuldige Lektüre; der Text ist Kampfschauplatz und Beute zugleich, oder um die vortreffliche Entsprechung von Daniella Marshall Norris anzuführen, jedes semantic field ist in Wirklichkeit ein battlefield, und sogar, wie mir jetzt einfällt (ich sollte es aufschreiben, um den Gedanken später weiterzuentwickeln) ein oilfield, bei dem die Förderung erst Erfolg hat, wenn man in die tieferen Schichten vordringt.

Auch wenn er nicht die geringste Ahnung von Linguistik hatte, war Abengoa bewusst, dass jede Lektüre immer mindestens eine zweite oder gar dritte Lektüre ist und dass das sprachliche Zeichen nicht weniger arbiträr oder symbolisch ist als ein paläolithischer Schnitt in den Hauer eines Mammuts. Er erklärte mir, Worldwide Resorts, die Firma, für die er arbeitete, wäre eigentlich eine spanische Gesellschaft, die ihren Hauptsitz in Alicante (oder korrekter Alacant, wie ich bei der Gelegenheit erfahren habe) hat, was sie aber nicht daran hindere, ein umfangreiches und konkurrenzfähiges Netz an Hotels «mit hohem standing» in verschiedenen Kontinenten zu besitzen. Als Abengoa mir erklärte, was sich hinter der rätselhaften Bezeichnung strategical advisor verbarg, griff er ungeniert zu einer neuen textuellen Überschneidung:

«Man könnte sagen, ich bin der Schatzsucher auf der Suche nach verborgenen Schätzen.»

In den letzten zehn Jahren, erklärte er mir mit einer ermüdenden Fülle an inhaltsleeren betriebswirtschaftlichen Fachbegriffen, hatte die Gesellschaft schrittweise eine solide Expansion ins Ausland, «auf beiden Seiten des Ozeans», betrieben, indem sie veraltete oder schlecht geführte Hotels erwarb und sie umgehend durch rigorose Pläne aus der Krise führte und wieder lebensfähig machte; Abengoa sprach von downsizing und uplifting, und manchmal war man regelrecht überrascht von seinem Wortschatz. Jedenfalls bestand seine strategical advisory halb aus Spionage und halb aus Finanzanalysen, aus abenteuerlichen Erkundungen und Buchprüfungen. Er reiste durch die Hauptstädte der Welt, um Hotels zu finden, die für Worldwide Resorts von Interesse waren, oder sich welche anzusehen, die bereits zum Kauf angeboten wurden, deren Besitzer jedoch die gründliche Inspektion eines potenziellen, sich allzu sehr in Schweigen hüllenden Käufers nur ungern akzeptieren würden.

«Tja Claudio, und so verbringe ich mein Leben damit», sagte er und legte peinlicherweise, wenn auch nur für einen Moment, in einer vielleicht durch den Schneesturm begünstigten und durch unsere gemeinsame spanische Herkunft abgesegneten vertraulichen oder kameradschaftlichen Geste die Hand auf mein Knie, «von Hotel zu Hotel, oder sagen wir besser, von Stadt zu Stadt zu reisen. Du glaubst nicht, wie ermüdend das ist. Mehr als einmal habe ich es fast schon bereut, nicht mehr Steuerberater zu sein wie früher, als ich den Leuten die Steuererklärung gemacht habe und mir die langen Gesichter ansehen musste, wenn sie hörten, wie viel sie zu bezahlen haben. Aber ich muss auch sagen, dass ich gern durch die Welt reise und neue Leute kennen lerne.»

Unter den vielen großen, blässlichen Gestalten, von denen es am Flughafen wimmelte, die entweder dürr wie die Vogelscheuchen oder unendlich fett und schwabbelig waren, war mir Abengoas gedrungener Körper, die spanische Rundlichkeit aufgefallen. Er war nicht groß, eher stocky, und sein Hals wirkte durch den Wollpullover mit den beiden Knöpfen auf der rechten Schulter noch kürzer; er war so geschnitten, dass er seinen deutlich hervortretenden, aber strammen Bauch betonte. Man sah ihm an, dass er ein tatkräftiger Mann, aber auch ein Familienmensch war, der etwas für Fitness, aber auch für Paella übrig hatte und der seine Bierchen und die Herzmuscheln mehr schätzte als Vitamintabletten oder das von Gott gesandte Prozac. Sein Haar war grau meliert und er trug einen altmodischen Scheitel. Sein Teint wies in dem neutralen und blass machenden hellen Licht des Flughafens eine gesunde braune Farbe auf, die in keiner Weise künstlich wirkte, sondern eher so, als käme er vom Land. (Nicht wie bei Morini, der einen so dunklen Selbstbräuner benutzt, dass er einem Julio Iglesias oder einem panamesischen Drogenkönig alle Ehre machen würde, und dessen Haar so verdächtig schwarz ist, dass es manchmal wie gefärbt aussieht und dann wieder so, als handele es sich um ein Toupet, aber vielleicht ist es ja auch ein gefärbtes Toupet.)

Mich macht jede Reise fertig, ich bin nicht in der Lage, ohne den Mut zu verlieren, die einfachsten Hürden des praktischen Lebens zu bewältigen, die in den Vereinigten Staaten so hoch nun nicht sind. Ich brauchte gar nicht erst zu hören, was Abengoa mir erzählte, um zu merken, dass Müdigkeit ein Fremdwort für ihn war. Sein frame of mind war so robust, dass nicht einmal die dauernden Verpflichtungen oder der Jetlag bei den Interkontinentalflügen ihm etwas anhaben konnten. Er gehörte offenbar zu diesen energischen und praktischen Menschen, die mich Zeit meines Lebens eingeschüchtert haben, seit ich als Kind den ersten in Gestalt von Onkel Guillermo kennen gelernt habe; er sprach immer sehr laut und machte alles sehr schnell, in der Eisenwarenhandlung hörte alles auf sein Kommando, und wenn ich sah, wie hektisch er rauchte und wie rasant er fuhr, kam ich mir an seiner Seite immer linkisch, lahm und blöd vor. Jedes Mal, wenn ich einem solchen Menschen begegne, sinke ich in mir zusammen, wie damals, wenn Onkel Guillermo laut redend nach Hause kam und hektisch die Tür aufstieß, noch bevor ich sie öffnen konnte. Ich gehe immer mit sehr gemischten Gefühlen auf die Angestellten von Eisenwarenhandlungen und Autowerkstätten zu. Ich brauche nur Sekunden, um diesen geschickten, entschlossenen, flinken Menschentyp zu erkennen, und wenn jemand sehr laut mit mir spricht oder in meiner Nähe bedrohlich mit der ganzen Energie der ihm obliegenden Aufgaben und seiner Wendigkeit herumhantiert, denke ich wie bei Marcelo M. Abengoa: «Wieder so ein Onkel Guillermo.»

«Ach, das moderne Leben, Claudio, die Revolution der Transportwege, wie ich es nenne», fuhr er fort, ohne zu merken, dass ich ihm einen Moment lang überhaupt nicht zugehört hatte. «Gestern habe ich noch mit Kunden in Frankfurt gegessen. Und übermorgen geht's von Miami aus nach Chile. Ein großartiges Land, ungeheuer dynamisch. Weißt du, wie die Chilenen sich gerne nennen? Die Jaguare des Pazifik ...»

Schon vom Zuhören wurde mir ein wenig schwindelig, ich hatte das Gefühl, mich streife der Windstoß seiner regen Reisetätigkeit, wie damals das Hin und Her der rätselhaften Apparate in der Eisenhandlung von Onkel Guillermo. Er komme in einer Stadt an, erzählte er, und von dem Augenblick an, in dem das Taxi vor dem Eingang des Hotels halte, nehme er schon alles in Augenschein, vor allem das, was ein nicht geübter, nicht professioneller Reisender nicht wahrnehme, die offenkundigen und die kaum wahrnehmbaren Zeichen, die onion layers der Bedeutung (ein Terminus, den mit «Zwiebelschichten» zu übersetzen, ich mich scheue); er begutachte den Zustand des Gebäudes und die Sauberkeit der Manschetten des uniformierten Pagen, der ihm die Koffer ins Zimmer trage, die Qualität des Frühstücks, die Umgebung, alles, sogar den Geruch und das Geräusch des Wassers, bevor es aus dem Hahn komme.

Dieser ungeschliffene, offene Mann, der so gerne lachte und Hände drückte, konnte, wie er mir nicht ohne Stolz sagte, zu einem vollendeten Spion werden. Unter irgendeinem Vorwand oder ohne sich bemerkbar zu machen, schlich er sich in alle Räumlichkeiten, sogar in die verschlossensten, testete alle Dienste und Gerichte auf der Speisekarte, setzte sich stundenlang mit einer aufgeschlagenen Zeitung in die Empfangshalle und studierte die Gäste, die in das Hotel kamen, und wie professionell der Service war. «Es gefällt mir, wie man sie hier in Amerika nennt, guests, ist das richtig ausgesprochen, Claudio? Eben geladen und nicht bloß zahlend. Diese Leute wissen, worum es geht.» Er sah sich alles an, hörte alles, roch an allem. Er brauchte ein paar Wochen, bis er alle nötigen Informationen für ein zuverlässiges Urteil zusammenhatte, auch wenn diese so gar nicht spanische Vorliebe für accuracy durch einen spontanen professionellen Spürsinn ergänzt wurde, vergleichbar, wie er mir erklärte, mit der feinen Nase des Kenners, der ohne Zögern nur anhand des Aromas oder der Farbe eines Weines seine Qualität voraussagen kann, oder mit dem impressionistischen Kritiker alter Schule, der «die Schönheit» – natürlich in Anführungszeichen – eines Textes oder seinen literarischen «Wert» – ebenfalls unbedingt in Anführungszeichen – bestimmen kann, indem er ein paar zufällig ausgewählte Sätze liest.

Seit ich ihn gesehen und angefangen hatte, ihm zuzuhören, glaubte ich in Abengoa alle Anzeichen für einen Autodidakten, einen self-made-man zu erkennen. Überrascht erfuhr ich, ohne dass er selbst dieser Information besondere Wichtigkeit beimaß, dass er ein abgeschlossenes Studium in Wirtschaftswissenschaften hatte und zusätzlich verschiedene Abschlüsse im Hotelfach und in praktischer Betriebswirtschaft. Er war in der Lage, Bilanzen und Finanzberichte über input, output und cashflow zu lesen, die mir so unverständlich bleiben würden wie die theoretischen Schriften von José Lezama Lima, um ein Beispiel zu nehmen, was man mir hoffentlich nicht als antilateinamerikanische Haltung auslegt. Um untrüglich festzustellen, ob ein Hotel am Boden war oder ob es eine Zukunft hatte, so sagte er mir, genüge es ihm, die Empfangshalle zu betreten und ein paar Sekunden lang die Luft zu riechen oder die Farbe und die Abnutzung der Auslegeware oder den Zustand der Nägel und der Tränensäcke des Empfangschefs zu betrachten.

«Als ich die Eingangstür des Town Hall Hotel in Buenos Aires aufstieß und in die Empfangshalle hineinroch, war mir klar, dass dieser Ort am Ende war, Claudio, gestrandet, untergegangen wie ein Ozeandampfer, wie die Titanic. Ich hätte nicht übel Lust gehabt, mich umzudrehen und mit demselben Taxi wieder zu verschwinden, mit dem ich gekommen war, weil der Geruch und die grauen Uniformen der Angestellten mir sagten, dass man dieses Wrack nicht mehr flott machen konnte, aber es nahm einen ganzen Block im Zentrum von Buenos Aires ein, nur drei Schritte von der Plaza de Mayo entfernt. Denk nur, was das Grundstück wert war, sogar damals, 1989, zur Zeit der Hyperinflation, als es jeden Morgen so aussah, als ob das ganze Land den Bach runterginge. Die Verkäufer in den Geschäften kamen gar nicht mehr nach mit dem Auswechseln der Preisschilder. Es gab keinen Strom mehr, weil kein Geld da war, um Ersatzteile zu kaufen und die Schäden an den Elektrizitätswerken zu beheben, die Bürgersteige sahen aus wie nach einem Bombenangriff, überall riesige Schlaglöcher, die man notdürftig mit Holzbrettern abgedeckt hatte, du hieltst ein Taxi an, und wenn du die Tür zu kräftig aufzogst, konnte es passieren, dass du sie in der Hand hattest, so alt war sie. Für die Ausländer war das natürlich das Paradies. Innerhalb von drei Tagen konnte ein Dollar das Doppelte wert sein. Für vier Dollar konnte man im besten Restaurant der Stadt fürstlich speisen oder sich eine Luxushure mit aufs Hotelzimmer nehmen … Auf den Rückflügen nach Madrid waren die Touristen in Pelzmäntel gehüllt. Mariluz hat auch noch den, den ich ihr damals gekauft habe, um sie milde zu stimmen und sie dazu zu bringen, mir zu verzeihen. Uns war zu Ohren gekommen, dass inmitten dieses Desasters dem Besitzer des Town Hall das Wasser bis zum Hals stand und dass er es bald verkaufen würde. Also nahm ich ein Flugzeug und wurde in Buenos Aires vorstellig, ich tue immer, was ich für richtig halte, und wie ich dir schon sagte, ich stieg aus dem Taxi und drückte dem Taxifahrer ein Bündel von den Geldscheinen in die Hand, die sie damals hatten, die Australes, die das Papier nicht wert waren, trat in die Halle oder die Lobby, wie man auf Englisch sagt, und als ich diese muffige Luft einatmete, dachte ich sofort: ‹Marcelo, das ist eine Ruine, und das wird sie bleiben, egal zu welch günstigem Preis man sie erwerben kann.›»

Während er sprach, achtete Abengoa auf alles, auf die Leute, die vorbeigingen oder sich neben uns setzten, auf den Schnee an den Fenstern, besonders auf die Frauen, wie ich feststellen konnte, und zugleich wirkte er so konzentriert und nachdenklich, dass sein Gesichtsausdruck manchmal einen Anflug von Strenge bekam, vor allem wenn es um sein Geschäft ging. He meant business, wie man hier sagt, und von dem Moment an begriff ich, dass er mühelos Leute einschüchtern konnte, nicht nur mich, der ich Angst vor jedem habe, der mir feindselig oder autoritär gegenübertritt, sondern Leute, die in den Kriegen auf Leben und Tod der Finanzwelt erfahren sind, die ich mir weit schlimmer vorstelle als die kleinen Intrigen und faulen Tricks in der akademischen Welt.

Heftig gestikulierend, wie ich es nicht gewohnt bin, streckte Abengoa die Arme nach oben, als würde er etwas Riesiges umarmen. So wollte er mir die Größe des Town Hall Hotel in Buenos Aires vorführen: Das Hauptgebäude hatte fünfzehn Stockwerke, aber es war von Türmen und Terrassen verschiedener Höhe umgeben, wie bei den alten Wolkenkratzern in New York, denen es architektonisch und in seiner Kolossalität sehr ähnlich war. Es war fünfzig oder sechzig Jahre früher, zu den goldenen Zeiten des Waldorf Astoria und des Rockefeller Center, sehr modern gewesen, als Buenos Aires noch einen so grenzenlosen Aufschwung vor sich zu haben schien wie die großen Metropolen Nordamerikas. Als Abengoa das Town Hall betrat, glich es bereits einem archäologischen Museum des Gaststättengewerbes im 20. Jahrhundert, mit Wachleuten in grauer Uniform, die aus

Personalmangel als Empfangschefs, Kellner, Pagen oder sogar als Liftboy einspringen mussten, denn dies war eines der wenigen Hotels auf der Welt, das die handbetriebenen Aufzüge noch nicht abgeschafft hatte. Ein düsterer Junge mit pickeligem Hals, der eine zylindrische Kappe mit Kinnriemen und die Geduld oder die Resignation einer anderen Zeit hatte, hörte auf das Klingeln in den Stockwerken und betätigte mit leerem Blick Hebel mit kupfernen oder vergoldeten Griffen und die metallischen Falttüren, die dem an die Vertrauenswürdigkeit automatischer Aufzüge gewöhnten Reisenden ein außergewöhnliches Gefühl von Unsicherheit vermittelten.

Seine Frau sollte ein paar Tage später nachkommen, und Abengoa glaubte, dass das Hotel ihr gefallen würde. Den Frauen, sagte er, gefallen diese Orte wie aus einer anderen Zeit, es umweht sie ein Hauch von Vornehmheit und Romantik.

«Wenn ich von etwas Ahnung habe, Claudio, dann von Hotels und von Frauen. Aber mach dir keine Illusionen, die Erfahrung hat mich gelehrt, dass kein Hotel es mit dem eigenen Zuhause aufnehmen kann, und was die Frauen angeht: Nachdem ich ein paar ausprobiert habe (nicht so viele wie Hotelbetten, du wirst es nicht glauben), bleib ich bei meiner. Ich bin sicher, du verstehst mich, du siehst aus, als wärst du verheiratet. Moment, ich sage nicht, dass du es bist, ich sage nur, dass du so aussiehst, das ist auch so etwas, was uns Spaniern im Ausland auf der Stirn geschrieben steht.»

III

Ich erinnere mich, wie er mit einem Erfrischungsgetränk in jeder Hand auf mich zukam, er lächelte, als wollte er einen doppelten Trinkspruch ausbringen, in seinem braunen Pullover, der ein wenig zu eng war und den bestimmt seine Frau gestrickt hatte, und dem luxuriösen Mantel, den er über den Schultern trug, ein wenig old fashioned, wie mein Vater, wenn er sich für das Café fertig machte, als ich noch klein war. Der über die Schultern gelegte Mantel erschien mir damals so vornehm, so männlich wie die Pomade im zurückgekämmten Haar und die Zigarette, die mein Vater sich, kaum dass er auf der Straße war, mit selbstmörderischer Unbeschwertheit in den Mund steckte, während der schwarze Schatten des Krebsgeschwürs schon angefangen hatte, seine Lungen zu verdunkeln.

Abengoa war schätzungsweise in den late forties, und seine flinke Beleibtheit, seine kleine Statur und seine Scheitelfrisur standen in auffallendem Gegensatz zu dem Erscheinungsbild der anderen Menschen, die auf dem Flughafen kamen und gingen, so wie sich die Wolle seines Pullovers, das Material und der europäische Schnitt seines Mantels und das Leder seiner Schuhe von den T-Shirts, den nachlässigen Klamotten und den Turnschuhen unterschied, die alle trugen. Er hielt mir meine Diet Pepsi hin, und als er sich neben mich setzte, wies er mit seiner noch ungeöffneten Flasche auf das Fenster, wo es fast schon Nacht wurde, ohne dass man unsere Flüge angekündigt oder gestrichen hätte. Es gab nicht das geringste Anzeichen, dass diese ewige Warterei in dem immer unwirklicher werdenden Flughafen von Pittsburgh irgendwann ein Ende nehmen würde: vom

Wind vorwärts getrieben begann der Schnee in dem immer spärlicheren Licht schmutzig zu strahlen.

«Wenn ich nur dran denke», sagte er und schloss halb die Augen, ob schlaftrunken oder träumerisch, weiß ich nicht (ein irritierender Makel des Spanischen ist, dass es nur ein Wort für so verschiedene Dinge wie sleep und dream hat). «Wir sind hier in einem Schneesturm gefangen, und zur selben Zeit baden in Miami all diese blonden Mädchen oben ohne …»

«Wir sind hier nicht in Spanien», sagte ich, ich weiß nicht, ob ich ihn nur belehren oder ihn von dieser typisch spanischen, wohl aus Filmen abgeleiteten Vorstellung abbringen wollte, dass in den Vereinigten Staaten, was die Sitten angeht, eine große Freiheit herrscht. «Wenn eine Frau hier ihr Bikinioberteil auszieht, wird sie wegen Erregung öffentlichen Ärgernisses verhaftet.»

Einen Moment lang war ich völlig niedergeschlagen: mein Flugzeug nach Buenos Aires würde niemals starten, und dieser Mann würde nicht aufhören, mich mit seinen Vertraulichkeiten, seinen Übertreibungen, spanischen Ticks und seinem unerschütterlichen Sexismus zu belästigen. Auf den Monitoren kamen abwechselnd die Wetterkarten der Ostküste und die Zeiten und Ziele der Flüge, neben denen die Zeichen für delayed oder cancelled blinkten. Meiner war glücklicherweise unter den ersten, und so hatte ich noch ein Fünkchen Hoffnung. Auf einem Bildschirm bezeichnete ein Anchorman von CNN den Schneesturm bereits als Blizzard '94, als handele es sich um ein Sportereignis oder einen Megahit des grandiosen amerikanischen Showbusiness.

Draußen auf den von Schnee und Nebel ausgelöschten Pisten wehte ein eiskalter Wind, aber das Innere des mit bordeauxfarbenem Teppichboden ausgelegten Transit-Terminals war derart überheizt, dass Abengoa und ich schließlich Mantel und

Jackett ablegten, und er war kurz davor, auch seinen dicken Wollpullover auszuziehen, der für humanere klimatische Bedingungen und nicht für eine derartig tropische Hitze geschaffen war. Mit der typisch amerikanischen Inkonsequenz aß ein fettes Mädchen mit weiten Hosen und kurzärmeligem T-Shirt ein Eis, das fast so ausladend war wie sie selbst, während sie an der Glaswand lehnte und dem arktischen Panorama des Schneesturms den Rücken zuwandte. Abengoa schaute sie mitleidig an. Er schaute sich alle Frauen an, ohne dass ihm eine entging, er musterte sie in Sekundenbruchteilen von oben bis unten, mit schnelleren Lidschlägen als eine Polaroid.

«Ach, die Frauen von Buenos Aires, Claudio, du wirst es schon sehen, wenn du dorthin kommst. Einmalig. Erstklassig. Ich bin durch die halbe Welt gereist und ich kann dir sagen, solche Frauenbeine wie am Río de la Plata findest du nirgends. Aber auch auf der anderen Seite des Flusses, in Montevideo. Sagen wir mal so: In Montevideo fallen einem die Dunkelhäutigen mit glattem pechschwarzem Haar auf, das wie eine Pferdemähne glänzt. In Buenos Aires sind die Blonden am besten, ob gefärbt oder nicht, egal, die Blonden und die Rothaarigen. Ich sage dir, Claudio, die bringen den Verkehr zum Erliegen. Und wie sie sich anziehen, diese engen kurzen Röcke und die hohen Absätze. Ist dir aufgefallen, dass in der ganzen Zeit, in der wir hier sitzen, nicht eine einzige Frau mit hohen Absätzen vorbeigekommen ist?»

Das war mir natürlich nicht aufgefallen. Man gewöhnt sich an das Leben hier, und wenn man dann nach Spanien kommt, findet man es slightly upsetting, dass die Frauen sich die Lippen schminken, Schuhe mit Absätzen und Miniröcke anziehen, um im Lebensmittelgeschäft an der Ecke einkaufen zu gehen, oder dass die jungen Mädchen angemalt wie Geishas zur High School gehen, mit Mieder oder Top, ich glaube, so heißt dieses unleugbar aufregende Teil, bei dem die von einem Ring durchstochenen Bauchnabel frei liegen ... Und im Übrigen erschien mir diese Art, von Frauen nur in körperlichen Begriffen zu reden, genauso überholt wie seinerzeit der über die Schultern gelegte Mantel meines Vaters oder die filterlosen Zigaretten mit dem schwarzen Tabak, die, ohne dass er es ahnte, angefangen hatten, ihn zu töten.

Während ich Abengoa zuhörte, blickte ich mich instinktiv um, aus Angst, bei diesem Gespräch überrascht zu werden, so als wäre ich am Institut und Vertreter irgendeiner aggressiven feministischen Fraktion würden lauernd umherstreichen, um mir verbal harrassment oder male chauvinism vorwerfen zu können. Aber er, Abengoa, lebte natürlich in einer ganz anderen Welt, ich weiß nicht, ob glücklicher, aber auf jeden Fall weniger ängstlich. Gegen meinen Willen beneidete ich ihn, weil er von den schrecklichen gender wars nichts wusste und sich unbefangen als unschuldiger, oder exakter, naiver Erzähler gab – ich weiß, dass dieser Begriff genauso fraglich, so, ich sage es offen, *verdächtig* ist wie der des Autors oder der des *Werkes* (kursiv natürlich).

«Die Frauen und die Hotels», schloss er und nippte nachdenklich an seiner Cola, als probiere er einen Schluck Wein, und diese Erklärung war der Anfang seiner Beichte oder seiner Erzählung, um das *mot juste* zu gebrauchen, denn bis dahin hatte er sich darauf beschränkt, den prätextuellen Apparat, wie Derrida es nennen würde, vorzubringen. «Das ist mein Leben, Claudio, mit all seinen Licht- und Schattenseiten, das will ich dir nicht verhehlen. Wegen einer Frau und eines Hotels kann ich nicht nach Buenos Aires zurück ...»

Er gehörte zu den Leuten, die alles, was sie sagen, konkret belegen oder dokumentieren müssen. Wenn sie von ihrer Frau und ihren Kindern sprechen, zeigen sie einem das Foto aus der Brieftasche; wenn sie sagen, wie sehr ein Gedicht oder ein Musikstück sie bewegt, krempeln sie in fast beängstigender Weise den Ärmel hoch, um einem zu zeigen, wie sie schon bei der Erwähnung dieses überwältigenden Gefühls eine Gänsehaut bekommen; wenn sie Mitglied in einem Sportflieger- oder Tauchclub sind, ziehen sie sofort den Mitgliedsausweis aus der Tasche. Als Abengoa mir vom Town Hall Hotel erzählte («diese Argentinier mit ihrer Manie, allem englische Namen zu geben»), kramte er in einer prall gefüllten Aktentasche, bis er einen kleinen längst abgelaufenen Kalender gefunden hatte, auf dessen Rückseite das Farbfoto eines Gebäudes prangte, das entfernt dem Waldorf Astoria ähnelte, mit einem vertikalen Schild auf der Fassade, das dem der Radio City Music Hall nachempfunden war. In dem Moment dachte ich nicht darüber nach, wie merkwürdig es war, dass Abengoa einen veralteten Kalender mit sich herumtrug. Es war eine Nachtaufnahme, aber die Farben des erleuchteten Schildes, des dunkelblauen Nachthimmels, und das Licht, das aus der Empfangshalle und einigen Fenstern kam, hatten die Strenge spanischer Postkarten der siebziger Jahre, als der elegante Schnauzbart meines Vaters noch schwarz war und er mit dem Mantel über den Schultern und einer frisch angezündeten Zigarette im Mundwinkel durch die Straßen ging, als die Leinwandstars noch rauchten und die Tabakgesellschaften das Lungenkrebsrisiko verschwiegen. Merkwürdig, dachte ich, während Abengoa ununterbrochen auf mich einredete, dieser Mann ist nicht viel älter als ich und erinnert mich an meinen Vater.

«Ich muss zugeben, von außen sieht das Gebäude beeindruckend aus», sagte Abengoa gerade, als ich aus meinen Gedanken, aus dem kurzen flüchtigen Traum, zurückkehrte, in dem mein Vater noch jung und unberührt vom Tod erschien, mit seinem schwarzen gewellten Haar und dem Lächeln, das er immer hatte, wenn er nach Hause kam, den Mantel von den Schultern streifte, die Zigarette im Mund ließ und für mich eine Papiertüte mit frisch gerösteten Erdnüssen oder Kastanien – wenn gerade die Zeit war – aus der Tasche zog. «Die Empfangshalle, die Lüster – meinetwegen auch die Aufzüge, trotz der Kurbeln – hatten unbestreitbar Klasse, wie Mariluz es auszudrücken pflegt; als sie all das Holz und die Teppiche sah, war sie sofort begeistert, romantisch wie sie ist. Ihr gefällt alles, was alt ist, sie kann nichts dagegen tun, die alten Kulturen, Ägypten, alles Exotische, der Orient, die Kalifen, das Jahrtausende alte China. Wenn ich mit ihr in die Alhambra gehe, fängt sie im Löwenhof an zu weinen, sie ist ganz verzückt und behauptet, in einem früheren Leben müsse sie eine Sultanin oder eine maurische Prinzessin gewesen sein. Erinnere mich daran, dass ich dir das Foto zeige, das man von uns als Mauren verkleidet in der Alhambra gemacht hat, das ist so eins von diesen Bildern, die aussehen, als stammten sie aus früheren Zeiten ...»

Ich fürchtete schon, er würde wieder in der Aktentasche kramen und mir die üblichen Familien-Snapshots zeigen. Außerdem, muss ich gestehen, beunruhigte es mich, dass er so weit vom Hauptfaden seiner Erzählung abgekommen war. Wurde ich jetzt, an diesem Punkt meiner beruflichen Entwicklung, etwa zu einem passiven, unkritischen Rezipienten? Das, was Cortázar treffend, aber unglücklich als «Leser-Weibchen» bezeichnet? Nutzte Abengoa die Digression unbewusst als Transgression, als Bruch mit dem kanonisierten narrativen Diskurs, wie das bei einigen Texten von Goytisolo ist, für die ich das in einem Aufsatz mit dem Titel *Homo/hyper/hetero/Textualität* analysiert habe, den Professor Paul Julian Smith in einer seiner jüngsten Arbeiten kurz aber immerhin lobend erwähnt hat? (Ich kann mir vorstellen, wie verstimmt Morini war, als er meinen Namen in einem Artikel der unbestrittenen Nummer eins der Hispanic Studies las.)

«Entschuldige, Claudio, ich weiß nicht mehr, was ich dir eigentlich erzählen wollte» – instinktiv kehrte Abengoa zum linearen Erzählen zurück. «Bei all den Flughäfen und Zeitumstellungen kommt man ganz durcheinander.»

«Das Hotel in Buenos Aires», sagte ich, leicht nervös und ungeduldig. «Deine Ankunft.»

«Nun, wie gesagt» – er hatte den Kalender und die Aktentasche weggelegt und kreuzte die Arme vor der Brust, um bequem mit seiner Erzählung fortfahren zu können. «Eine Katastrophe. Unsäglich, in welchem Zustand die Zimmer waren, vor allem in den oberen Stockwerken, im fünfzehnten, wo sie mich ganz am Ende eines Flügels unterbrachten, als wäre das Hotel voll, obwohl ich schon gemerkt hatte, dass höchstens vier oder fünf Zimmer belegt waren. Vier oder fünf, Claudio, von neunhundert! Die Möbel reif für den Sperrmüll, der Spiegel am Schrank kaputt, der Nachttisch voller Brandspuren von Zigaretten, genauso die Bettdecke und der Teppichboden, der an einigen Stellen so abgenutzt war, dass die Holzdielen durchschimmerten, und dann stand da noch einer von diesen Schwarzweißfernsehern mit vorgewölbtem Bildschirm. Das Badezimmer spottete jeder Beschreibung: ein beschämender Mangel an Professionalität und Kontrolle, das Fenster schloss nicht richtig, der Duschkopf verrostet, eine halb aufgebrauchte Seife, das Toilettenpapier gräulich und rau, wie das, was sie in den sowjetischen Hotels hatten, mit dem du dir den Hintern schmirgeln konntest, Verzeihung, aber ich spreche aus eigener Erfahrung, Mariluz und ich haben einmal eine organisierte Reise auf den Spuren Doktor Schiwagos gemacht. Das Zimmer war ein echtes Mausoleum, das Bett ein Sarg, die Matratze weich mit einer Vertiefung in der Mitte, die Bettwäsche ein Leichentuch, aber alles sehr luxuriös, keine Frage, das Bett queensize, eine große Badewanne, das Waschbecken aus Marmor und die Möbel mit Abschlüssen aus Marmor und Aluminium. Nur war der Luxus eben mindestens siebzig Jahre alt, und seit der

Zeit war nichts angefasst oder repariert worden, die Türen gingen nicht richtig zu, die Stühle wackelten, die Toilettenspülung tropfte Tag und Nacht, auf dem Fernsehbildschirm nur Streifen, man musste ihm einen Schlag versetzen, damit das Bild stehen blieb, und außerdem konnte man wegen der Stromsparmaßnahmen damals nur drei oder vier Stunden am Tag gucken. Das war auch so eine Sache, die Stromausfälle. Plötzlich gab es keinen Strom, und es dauerte Stunden, bis er wiederkam, und wenn ein Geschäft keinen eigenen Generator hatte, war der Besitzer ruiniert, die Lebensmittel verdarben in den Kühlschränken, die Leute steckten in den Aufzügen fest oder mussten zehn, fünfzehn Stockwerke zu Fuß gehen …»

Nicht nur das Town Hall Hotel, erzählte er mir, sondern ganz Buenos Aires verkam, zerfiel, die Bürgersteige rissen auf, illegale Telefon- und Stromkabel verglühten nachts und fielen brennend auf die Straße, die Luxusläden in der Calle Florida oder im Viertel Recoleta wurden abends von Kerzen oder Öllampen erleuchtet, überall war das Geräusch der Stromgeneratoren zu hören, die Leute liefen verzweifelt oder wie im Wahn hin und her, zählten auf der Straße oder im Bus Geldscheine, die fast auseinander fielen, und bildeten Schlangen vor den Banken, um sich der wertlosen nationalen Währung zu entledigen und Dollars zu kaufen.

«Ich hatte mich mit Mariluz in Buenos Aires verabredet, um sie ein wenig für all die Reisen, bei denen sie allein zurückblieb, zu entschädigen, du weißt schon, die zweiten Flitterwochen. Außerdem liebte sie Tangos, wie sie alles Typische, das Authentische, wie sie es nennt, mag, von Nachahmungen will sie nichts wissen, sie liebt brasilianische Samba und portugiesischen Fado, aber nach Tango ist sie förmlich verrückt. Nach Buenos Aires zu reisen und Tangos im Viejo Almacén zu hören war der Traum ihres Lebens, das Größte, vergleichbar vielleicht mit dem Wunsch eines Japaners, das Concierto de Aranjuez in Aranjuez zu hören. Es war Mittwoch und sie sollte freitags kommen, aber als ich den Zustand des Hotels sah, war ich kurz davor, sie anzurufen, damit sie den Flug stornierte. Ich habe sie sogar angerufen, ich erinnere mich, aber das Telefon funktionierte nicht, weil die Leute damals die Telefonkabel klauten, um das Kupfer zu verkaufen. Ich konnte auch den Zimmerservice nicht anrufen, wenn es denn einen gegeben hätte, und so beschloss ich, etwas trinken zu gehen, bevor es noch später wurde oder ich mich womöglich zur Unzeit ins Bett legte, das ist das Schlimmste, was du tun kannst, wenn du so weit reist und deine biologische Uhr durcheinander kommt, wie ich immer sage. Aktivität ist das Einzige, was hilft, Claudio, das Schlimmste ist, wenn man im Bett herumliegt, traurig wird, und sich das Fernsehprogramm anschaut, das auch ein Trauerspiel war. Stell dir vor, sie waren so arm, dass bei irgendwelchen Wettbewerben der erste Preis eine Kaffee- oder eine Küchenmaschine war. Ich räumte meine Sachen in den Schrank, duschte mich in dem widerwärtigen Badezimmer, versuchte noch einmal Mariluz oder die Rezeption zu erreichen, kam immer noch nicht durch, also stellte ich den Fernseher an, aber das Programm hatte noch nicht angefangen, wie gesagt, es lief nur vier Stunden, von sechs bis zehn. Nichts zu machen, ich musste mich auf die Straße wagen. Und genau als ich aus meinem Zimmer kam, ging am anderen Ende des Flurs eine Tür auf. Aber weißt du, wer da anstelle eines alten Zimmermädchens oder eines dieser Hotelgäste mit mumienhaftem Gesicht, die es in den alten Hotels gibt, auftauchte?

Ich sagte ungeduldig nein, bereits auf kindische Weise von der Erzählung gefangen. Im Einsatz der Pausen zeigte Abengoa, dass er die narrative devices perfekt beherrschte.

«Ein umwerfendes Weib», sagte er nach ein paar wohl berechneten Sekunden Schweigens triumphierend. «Die schönste Frau, die ich in meinem Leben gesehen habe.»

IV

Abengoa war ein unerschöpfliches Reservoir an verbalem Sexismus, ein archaisches Sediment der spanischen Sprache (und der darin enthaltenen patriarchalischen Herrschaftsideologien). Ich hatte ihn zufällig am Flughafen von Pittsburgh getroffen, und wer weiß, wie lange wir noch durch einen der größten Blizzards des Jahrhunderts, wie die weather men (und women) mit triumphierender Begeisterung wiederholten, von der Welt abgeschnitten waren. Ich sah mich mit einer case study konfrontiert, wie ein Anthropologe, der einen der letzten Angehörigen eines Stammes trifft, welcher kurz vor dem Aussterben ist. Wie viele Jahre war es her, dass ich jemanden (Zitat) «ein umwerfendes Weib» (Zitat Ende) sagen hörte? Würde Abengoa vielleicht auch sagen, diese Frau, die er im Flur des Town Hall traf, sei ein Klasseweib gewesen, eine Rakete oder gar (bitte in Anführungsstrichen) «rattenscharf»?

Sie hatte eine lange blonde Mähne, sagte er, trug einen dunklen, taillierten Blazer mit Schulterpolstern und high heels, die sie noch größer machten, «obwohl sie das gar nicht nötig hatte», sie hatte hervorragend geschminkte grüne schmale Augen («Katzenaugen», wie er sich ausdrückte), die ihn direkt fixierten, während ihr großer sinnlicher Mund ihn unumwunden anlächelte, das typische Lächeln der Frauen von Buenos Aires, verkündete er mir, wie man jemandem die Wunder des Landes preist, das er zum ersten Mal bereist.

«Aber ich habe sie nur ein paar Sekunden lang gesehen», fuhr er fort, right to the point, ohne jede Unsicherheit oder theoretische Beklemmung. «Denn es gab einen Stromausfall, und ich hatte weder Streichhölzer noch Feuerzeug bei mir. Kurz vorher, am vierten April, hatte ich mit dem Rauchen aufgehört, das ist jetzt fünf Jahre her.»

Er ging dann einige Schritte in völliger Dunkelheit, aber sehr bald wusste er nicht mehr, wo er war. Die tief verankerte Angst, sich lächerlich zu machen – ein weiterer archaischer Zug des spanischen Wesens – hinderte ihn daran, die Frau anzusprechen und sie zu bitten, ihm zu helfen, die Orientierung wieder zu finden. Er hörte weder Schritte noch Türenschlagen, aber ihm war, als brummte ganz in der Nähe ein Staubsauger. Er vernahm einen starken Geruch nach Eau de Cologne oder Parfum, vielleicht nach Geißblatt, der ihn sehr erregte, sagte er, denn eine seiner Schwächen seien diese raffinierten Düfte der Frauen, «in die sie eingehüllt sind», wie er bewegt hinzufügte, «und wenn man die Luft in ihrer Nähe einatmet, ist es, als rieche man ihre Haut unter der Kleidung.»

Er dachte an den Schacht von Treppe und Aufzug, an die fünfzehn Meter Tiefe, die sich unter ihm auftun könnten, wenn er einen falschen Schritt machte. Im Dunkeln spürte er schlagartig die physische Erschöpfung des vierzehnstündigen Überseefluges. Dann kam das Licht wieder, er stand wie gelähmt mitten im Flur und machte eine dumme Figur, und die Frau, die ihm ein paar Sekunden zuvor so viel versprechend zugelächelt hatte, war verschwunden. Man sah nur ein Zimmermädchen in Uniform, das weiter hinten mit einem Staubsauger von einem Zimmer zum anderen ging, sie schlich verstohlen herum, wandte ihm einen Moment den Kopf zu, und dann tat sie so, als hätte sie ihn nicht gesehen, vielleicht hatte sie Angst, er könnte sie um etwas bitten. Eine Sekunde lang kam es ihm so vor, als läge wieder dieser Geißblattgeruch in der Luft. Er dachte zerstreut, dass das Geräusch, das er kurz zuvor gehört hatte, nicht der Staubsauger gewesen sein konnte. Wie denn, wenn es keinen Strom gab? Doch Abengoa erlaubte sich erneut einen narrative twist.

«Claudio, sag, bist du verheiratet?», fragte er plötzlich.

«Ich war es.» Ich glaube, ich konnte die missbilligende oder melancholische Miene nicht unterdrücken, als ich ihm antwortete. Glaubte er vielleicht, die Schamlosigkeit, mit der er von seinem eigenen Leben erzählte, berechtigte ihn dazu, mich nach meinem auszufragen? Ich wollte ihm, fast gegen meinen Willen, gerade sagen, dass ich von einer Amerikanerin geschieden war, aber dass mir die traurige Erleichterung blieb, keine Kinder zu haben, die mich trotz der Trennung und der Distanz an sie bänden, doch Abengoa war schon bei etwas anderem, wieder bei sich, er hätte meine Antwort gar nicht gehört.

«Nun, dann wirst du verstehen, was ich dir sage. Wir, die Männer, können nicht anders, Claudio. Ich weiß nicht, wie das hier ist, aber wir, die Latinos, die Spanier, sind nicht zu bändigen. Wenn es ums Vögeln geht, schaltet das Hirn ab, wie ich immer sage. Ein paar Minuten vorher hatte ich mich noch so allein gefühlt in dem Hotelzimmer und gedacht, wie sehr ich mich auf die Ankunft von Mariluz freue. Du weißt schon: Buenos Aires, Tango, zweite Flitterwochen und so. Ich bete Mariluz an, Claudio, wir sind vierundzwanzig Jahre verheiratet, und ich habe das nicht einen Tag bedauert oder auch nur einmal daran gedacht, sie wegen einer anderen zu verlassen. Da sehe ich also die Blondine in der Tür stehen und denke überhaupt nicht mehr an Mariluz. Schlimmer noch, Claudio, damit du nicht behauptest, ich würde etwas vor dir verbergen, ich rechnete aus, wie viel Zeit mir noch blieb, um mit der Blondine meinen Spaß zu haben, bevor Mariluz weniger als achtundvierzig Stunden später in Buenos Aires ankommen würde.»

Es war unwahrscheinlich, dass dieser Mann *Les Confessions* von Rousseau gelesen hatte, und doch war er davon beeinflusst, er paraphrasierte fast dessen schlimmste exhibitionistische Ausschweifungen. Wie Rousseau schien Abengoa unfähig zu sein, etwas für sich zu behalten, nicht weil er mir gegenüber besondere Sympathien hegte oder unbedingt jemandem sein Herz ausschütten musste, sondern nur um des Redens willen, aus diesem spanischen Bedürfnis heraus, sich zu unterhalten, mit wem auch immer, zu schwadronieren, wie mein Kollege C. W. Waynne aus Lincoln, Nebraska, zu sagen pflegt, der in Miguel Delibes vernarrt ist und sogar im Winter eine Baskenmütze anstatt einer Zipfelmütze trägt und in seinem Institut, in dem radikales Rauchverbot herrscht, aneckt, weil er eine Vorliebe für schwarzen Tabak hat.

«Es ist, wie es ist, Claudio, ich kenne mich: Wenn ich zu Hause in Spanien bin, besteht keine Gefahr, dann bin ich im siebten Himmel mit Mariluz und meinen beiden Töchtern; tolle Mädchen, sag ich dir, die eine studiert Englische Philologie, und die Kleine fängt mit Betriebswirtschaft an. Aber wenn ich ins Ausland fahre und in einem anderen Land allein im Hotel bin, sogar schon vorher, wenn ich am Internationalen Terminal von Barajas ankomme, lasse ich die Blicke schweifen, geht es dir nicht auch so? Dieses Gewimmel, all diese geheimnisvollen Frauen aller möglichen Rassen, die ihre Gepäckwägen schieben und wer weiß wo anrufen. Wenn mir eine über den Weg läuft, die mir gefällt, gebe ich keine Ruhe, bis ich sie flachgelegt habe, ich gebe mich nicht einfach geschlagen wie so viele Männer, vor allem heutzutage, wo es so viele weibische und verweichlichte Kerle gibt, die Ohrringe tragen und sich Zöpfe wachsen lassen. Hast du gelesen, einem wissenschaftlichen Bericht zufolge produzieren die Männer immer weniger Sperma. Ich steige ins Flugzeug und denke schon darüber nach, ob vielleicht eine von diesen klasse Blondinen neben mir sitzt, die ich vorher in der Warteschlange oder in der Cafeteria habe rauchen sehen; dann gehen sie an mir vorbei, und ich sperre die Nasenlöcher ganz weit auf, um die ausländischen Parfums besser riechen zu können, die sie sich aufsprühen, und wenn mich auf diesen Flügen, die immer die ganze Nacht dauern, eine auf dem Gang oder an der Toilettentür streift, folge ich ihnen instinktiv wie die Hunde die Spur der Weibchen verfolgen, auch wenn das ein unschöner Vergleich ist. Geht es dir nicht auch so, wenn du ins Ausland reist?»

«Ich lebe im Ausland», wollte ich sagen, aber in diesem Moment nahm Abengoa gar keine Notiz mehr von mir, vielleicht war er in Gedanken bei dem Unwetter und den vereitelten Plänen, dass er die Erzählung und meine Anwesenheit ganz vergessen hatte. Er schaute auf die Uhr, rückte auf dem Stuhl hin und her und musterte von der Seite eine junge Frau, die vorbeiging und für die er sich mit Sicherheit nicht interessierte: eine welke Blondine mit dicken Brillengläsern und Pferdeschwanz, in Bermudas und mit Sneakers in reflektierenden Farben. Komisch, dass ich vorher gar nicht bemerkt hatte, was ihn so verdrießlich stimmte, nämlich dass es keine gut angezogenen Frauen auf dem Flughafen gab und man unter all dem müden Viehgetrampel nicht ein einziges Mal das Klackern von Absätzen hörte …

Seit geraumer Zeit war es stockdunkel, und der Wind hatte nachgelassen. Der Schnee fiel dicht, sanft, senkrecht, pulvrig, und im Licht der großen Scheinwerfer konnte man ein paar Flugzeuge auf der Landebahn stehen sehen. Ich hatte Hunger und bot Abengoa eines der whole wheat sandwiches an, die ich mir zu Hause geschmiert hatte, um nicht die kriminellen Preise der Snack Bars an den Flughäfen zahlen zu müssen, mal abgesehen von dem zweifelhaften Nährwert der Sachen, die dort feilgeboten werden. Er aß es gierig und dankbar, aber nicht ohne kundzutun, wie sehr er das seiner Meinung nach unvergleichliche spanische Essen, die mediterrane Kost, vermisste. Ich glaube, die Euphorie wegen des bescheidenen, aber nahrhaften Lunches animierte ihn, seine Erzählung energischer voranzutreiben. Wenn in diesem Moment sein oder mein Flug aufgerufen worden wäre, wäre er bestimmt disappointed gewesen. Aber ging es mir nicht auch schon so? Ist nicht das Erzählen und vor allem das mündliche Erzählen ein Territorium für Komplizen?

«Ich hätte warten können, bis ich ihr in der Bar oder in der Empfangshalle begegnete, aber um Zeit zu gewinnen, du weißt, ich hatte nicht mehr viel, nahm ich allen Mut zusammen und klopfte an ihre Tür, ohne mir auch nur einen Vorwand ausgedacht zu haben. Aber es antwortete niemand; es war kein Licht zu sehen und auch nichts zu hören, also dachte ich, ich hätte vielleicht an die falsche Tür geklopft. Ich strich eine Weile auf dem Flur herum, aber es war nichts zu sehen und zu hören, und außerdem war das alte Zimmermädchen von vorher wieder da, mit ihrem Staubsauger und ihren Putzlappen, mit denen sie natürlich nichts sauber machte. Sie sah mich merkwürdig an, so als wüsste sie, was ich suchte. Ich rief den Aufzug, um mich in die Empfangshalle zu begeben. Es dauerte eine Ewigkeit, bis er oben war, und als der Liftboy die metallene Tür öffnete und wieder schloss und mit all den alten Knöpfen und Kurbeln hantierte, setzte sich der Kasten so ruckartig in Bewegung, als fiele er herab, um dann anzuhalten, und alles knirschte und knarrte, wie bei diesen alten Möbeln, du weißt schon, und ich dachte, ich bin hier im fünfzehnten Stock, wenn es einen Stromausfall gibt, wird dieser blasse Kerl sich bestimmt mit dem Hebel vertun.

‹Machen Sie sich keine Sorgen›, sagte der Liftboy, der die Gedanken der unerfahrenen Gäste erraten konnte. ‹Ich versichere Ihnen, Señor, in sechzig Jahren hat diese Maschinerie nur einmal versagt.›»

Aus Angst wollte Abengoa lieber nicht fragen, wann das gewesen und ob jemand dabei zu Schaden gekommen war. In der

Empfangshalle stellte er überrascht fest, dass zwei oder drei Leute mit Koffern und Taschen gekommen waren und die Formulare an der Theke der Rezeption ausfüllten. Die Bürokratie in Argentinien ist schrecklich, sagte er mit dieser Neigung zum Belehren, viel schlimmer als in Spanien, wir haben keinen Grund, uns zu beklagen, sogar wenn man ausreisen will, muss man endlos Papiere ausfüllen, Marken aufkleben und Gebühren zahlen. In jenem Augenblick in der Empfangshalle des Town Hall Hotel hatte das erotische Fieber seinen geschätzten fachmännischen Instinkt ausgelöscht, er schielte nur nach der Frau, die er einen Moment lang auf dem Flur des fünfzehnten Stocks gesehen hatte.

Er machte einen Inspektionsgang durch die Bar, die sich riesig groß im Halbdunkel erstreckte; sie hatte breite weiße Säulen, deren vergoldete Kapitelle sich im Dunkel der Decke und zwischen den riesigen Lüstern verloren, die voller Staub und zweifellos nicht mehr zu gebrauchen waren, die er aber über sich spürte, als würden sie jeden Moment auf ihn herabfallen. Alles Reliquien verfallener Größe, sagte Abengoa, «der englische Stil, der den Argentiniern so gut gefällt»; es gab abgenutzte tiefe Ledersessel, Regale mit Büchern, die aussahen, als hätte sie seit einem halben Jahrhundert niemand mehr aufgeschlagen, und kleine Tischchen, auf denen ein Exemplar von *La Nación* oder *The Times* an einem hölzernen Zeitungshalter lag, «du weißt schon, wie in den englischen Clubs».

An der Theke schüttelte ein Barkeeper im roten Smoking einen Shaker. Als Abengoa vorbeiging, neigte er übertrieben den mit Pomade akkurat zurückgekämmten Kopf, doch das servile Lächeln verlor durch das auffallende Fehlen eines Zahnes.

Von der Bar kam man in einen Speisesaal, ein Gewölbe, das einer Kathedrale würdig gewesen wäre. Dort standen, wie er mit fachmännischem Blick schätzte, etwa zweihundert Tische, alle hatten eine Tischdecke und waren perfekt für das Abendessen eingedeckt, mit leicht angelaufenem Silberbesteck und exquisiten Gläsern, aber man sah weit und breit weder Kellner noch Gäste. Er sah, oder zumindest glaubte er es, jemanden ganz hinten versteckt hinter einer Säule sitzen. Sein Instinkt als Jäger – oder in dem Fall als Schürzenjäger – war ein paar Sekunden in Alarmbereitschaft, bis er merkte, dass die reglose, von der Lampe an ihrem Tisch erleuchtete Gestalt nicht die Frau war, die er auf dem Flur gesehen hatte. Er schloss kurz die Augen, und als er dann näher hinsah, musste er feststellen, dass die Gestalt, die er so genau gesehen zu haben glaubte, die blonden Haare, die durch das künstliche Licht verführerisch betonten roten Lippen und der senkrecht aufsteigende Zigarettenrauch, nur ein Schatten waren, vielleicht nicht einmal eines Menschen, sondern eines der Arme der Lüster an der Decke, eine Sinnestäuschung seines Verstandes und seiner müden Augen.

Die Einsamkeit entmutigte ihn, ein Zustand, den er kaum kannte. Er schrieb diese Niedergeschlagenheit der Zeitverschiebung und der unregelmäßigen Nahrungsaufnahme, also allein dem Jetlag zu. Er hätte zum Abendessen im Hotel bleiben sollen, um die Qualität des Essens und den Service zu testen, aber er konnte sich denken, dass beides grauenhaft war, und obwohl er keineswegs schüchtern war, erschreckte ihn der Gedanke ein wenig, sich allein in diesen riesigen Speisesaal zu setzen, auf dem der drohende Niedergang so drückend lastete.

Er beschloss, irgendwo etwas essen zu gehen, aber der Anblick der einsamen dunklen Stadt deprimierte ihn. «Es schien, als wären alle gegangen, Claudio, als hätten sie das Land aufgegeben. Auf der Plaza de Mayo brannte nicht einmal in der Casa Rosada Licht. Als hätten sie gesagt, Mach das Licht aus, wir gehen.»

Das einzige Licht auf dem gesamten Platz, sagte Abengoa,

war eine brennende Flamme in einem dieser bronzenen Gefäße, wie man sie in diesen römischen Sandalenfilmen sieht, neben der Mauer eines Gebäudes mit Säulen im «klassischen Tempelstil», fügte er hinzu, nicht ohne noch einmal zu erwähnen, dass seine Frau von allem hingerissen war, was mit der Antike zu tun hatte. Die vom Wind bewegte Flamme verbreitete eine rötliche, unruhige Helligkeit auf dem Bürgersteig, und diesmal sah Abengoa die Frau aus dem Hotel ganz deutlich, sie hatte dieselben Kleider an, und ihr Haar glänzte rötlich im Feuerschein. Ohne weiter über Anstand oder Müdigkeit nachzudenken, ging er zwischen den Blumenbeeten hindurch; plötzlich fühlte er sich tatkräftig und hellwach, aufgeräumt, von Jetlag keine Spur, und er spürte, wie sein Begehren in der warmen Woge einer Gewissheit wuchs: die Frau war allein in Buenos Aires, so allein wie er, sie war zum Essen ausgegangen, und als sie ihn sah, hatte sie mit der Ungezwungenheit der Ausländerinnen beschlossen, gemeinsam mit ihm in ein Restaurant zu gehen und sich die Peinlichkeit zu ersparen, in einem Lokal allein essen zu müssen. «Mensch, Claudio, ich war auf hundert, als ich sah, dass sie mich erkannt hatte und mir zuwinkte.»

Aber es war wohl kein Willkommens-, sondern ein Abschiedsgruß. Als Abengoa auf die andere Seite kam, stand die Frau nicht mehr bei den Säulen des Gebäudes, das sich als Kathedrale entpuppte. Er suchte in der Dunkelheit des Atriums, dann ging er weiter auf dem Bürgersteig auf eine breite und etwas, wenn auch nicht viel besser beleuchtete Straße zu, die so trostlos wirkte, dass er ganz überrascht war, als er feststellen musste, dass es sich um die berühmte Avenida de Mayo handelte. Er fühlte sich betrogen, gedemütigt, und mit der Enttäuschung kehrte auch die Niedergeschlagenheit zurück. In einer kleinen Trattoria bestellte er eine Pizza und einen halben Liter Wein. Der italienische Rotwein, leicht und säurehaltig, ließ seine Lebensgeister zurückkehren, und zum Abschluss des Essens genehmigte er sich einen Grappa. Seine Gedanken kreisten immer noch um die geheimnisvolle blonde Frau, wie er sie nannte.

«Du wirst mich nicht verstehen, Claudio, denn, nimm es mir nicht übel, man sieht es dir an, dass du ein wenig traurig bist, wie alle Künstler. Aber bei mir hält die Traurigkeit nie lange an, auch wenn ich mich anstrenge, es ist wie bei einem Freund von mir, der sich bemüht, sich das Rauchen anzugewöhnen und es einfach nicht schafft. Was für seltsame Leute es doch gibt, er steckt sich eine Kippe an, und anfangs schmeckt es ihm, wie er sagt, aber dann wird er es schlagartig leid, er kauft sich ein ganzes Päckchen und steckt es in sein Handschuhfach, um zu sehen, ob er sich beim Fahren das Rauchen angewöhnt, aber dann vergisst er, dass er es dabei hat. Mir ist klar, dass ich ein tieferes Innenleben hätte, wenn meine Traurigkeit länger anhielte, zum Beispiel damals in Buenos Aires, aber ich brauchte nur die köstliche, dünne, knusprig gebackene Pizza zu essen und den Wein und den Grappa zu trinken, und schon war ich wieder frohen Mutes; wir Männer sind einfach alte Gauner, in einem Moment dachte ich noch daran, Mariluz in diese Trattoria auszuführen, und im nächsten überlegte ich schon, wie ich das Zimmer der Blondine im Auge behalten konnte, ohne aufzufallen …»

V

Er brauchte sich keine Strategie auszudenken. Als er in das Hotel zurückkam und sich die Tür des Aufzugs im fünfzehnten Stock öffnete, stand sie genau vor ihm, als hätte sie, angelockt durch das Geräusch des hinauffahrenden Aufzuges, auf ihn gewartet, wie man auf einen Zug wartet. Abengoa hatte den Eindruck, die Frau sähe nicht ihn, sondern die laut klappernde Falttür an, und in ihrem Gesicht läge ein Ausdruck von Angst, der sich sofort änderte, als ihre Blicke sich trafen.

Sie war vornüber gebeugt, ein Knie höher als das andere, und versuchte mit dem linken Fuß in einen schwarzen hochhackigen Schuh zu schlüpfen, den Abengoa sehr ausgefallen fand. Es waren Schuhe, wie die Frauen sie in den alten Filmen trugen. Durch den dunklen transparenten Strumpf hindurch war der exquisit geformte Fuß der Frau zu erkennen. Das alte Zimmermädchen (zu diesem Zeitpunkt der Erzählung war Abengoa dazu übergegangen, sie «die verflixte Alte» zu nennen) putzte am anderen Ende des Flures den goldenen Rahmen eines Spiegels, sodass sie listig spionieren konnte, ohne sich umdrehen zu müssen.

«Mein Absatz ist schief», sagte sie. Sie hatte eine raue, aber schöne Stimme mit dem Akzent von Buenos Aires, so berückend (ich fragte mich, wo Abengoa plötzlich dieses Adjektiv her hatte, das er fortan ständig verwendete) wie das Parfum, das in ihrer Nähe von verführerischer Intensität war. «Ich wäre fast hingefallen.»

«Haben Sie sich wehgetan?» – Abengoa ahmte bei der Schilderung der Szene den außergewöhnlich zuvorkommenden Ton nach, mit dem er sich an sie gewandt hatte. – «Wenn Sie erlauben, helfe ich Ihnen.»

«Darum wollte ich Sie gerade bitten.»

Er verstand damals sofort, sagte er prahlerisch, dass das mit dem Absatz ein Vorwand war. Die blonde Frau richtete sich auf und stützte sich mit ihrem ganzen Gewicht auf ihn, und er hielt sie fest am Handgelenk, fast an der Handinnenfläche, während sie prüfte, ob sie wieder fest auftreten konnte. Sie warf ihre lange Mähne auf eine Seite, lächelte ihn an und bedankte sich. Ganz nah standen sie beieinander, es fehlte nicht mehr viel, nur noch ein kleines Stückchen, und sie hätten sich umarmen können.

«Du wirst es mir nicht abnehmen, aber im Grunde bin ich sehr schüchtern.» Abengoa unterstrich dieses melancholische, aber unwahrscheinliche Geständnis durch ein trauriges Nicken. Der Blick der Frau, ihre halb geöffneten roten Lippen, die blonde Mähne, der Geruch nach Geißblatt ermunterten ihn, in die Vollen zu gehen, wie er sich ausdrückte. Aber plötzlich verließ ihn der Mut, ihm ging die Düse, um wieder seine Worte zu benutzen, er fürchtete auf einmal, dass die Frau vielleicht eine Nummer zu groß für ihn sei, er fühlte sich so eingeschüchtert wie ein Schuljunge, wie peinlich, ein Tiefschlag für seinen self esteem, den er noch jetzt, fünf Jahre danach, bejammerte.

Er verabschiedete sich von ihr, wünschte ihr eine gute Nacht, wandte sich kurz vor seiner Zimmertür noch einmal um und errötete, als er sah, dass auch sie sich mit dem Schlüssel in der Hand umdrehte: Entweder war das eine wortlose Aufforderung oder sie machte sich über seine Unentschlossenheit lustig. Er sagte noch einmal Gute Nacht, neigte dabei mit der Steifheit des von fremden Sitten eingeschüchterten Spaniers einfältig den Kopf, und diese Geste bekam erst recht etwas Demütigendes, als er das Geräusch des Staubsaugers vernahm und aus den Augenwinkeln heraus sah, dass das aufdringliche Zimmermädchen ihn sarkastisch oder mitleidig ansah und ihm mit der Hand ein Zeichen gab, als wollte sie ihn drängen, endlich in sein Zimmer zu gehen und sich nicht noch länger lächerlich zu machen.

Wütend auf sich selbst warf er sich aufs Bett, und da fiel ihm ein, dass er noch gar nicht mit seiner Frau telefoniert hatte, die bestimmt schon voller Reisefieber dabei war, Koffer zu packen, ihren Pass und das Ticket zurechtzulegen und sich zu vergewissern, dass sie auch das Beruhigungsmittel nicht vergessen hatte, das sie brauchte, um auf dem langen nächtlichen Flug schlafen zu können. Nachdem er nicht ohne Mühe ausgerechnet hatte, wie spät es in Spanien war, rief er Mariluz an (wenn er von ihr sprach, nannte er sie immer beim Vornamen, so als müsste auch ich sie kennen). Ihre Stimme klang nah und undeutlich zugleich, verzerrt durch den katastrophalen Zustand der argentinischen Telefonverbindungen. Sie war völlig aufgedreht, erzählte mir Abengoa, und während er das sagte, erschien dieses zärtliche oder nachsichtige breite Grinsen auf seinem Gesicht, das er immer nur aufsetzte, wenn er von seiner Frau sprach. Sie freute sich so auf die Reise und das Wiedersehen, dass er sich fast wie ein Schuft fühlte, «und du weißt, dass ich keineswegs sentimental bin». Ein zufälliger Lauscher wäre überzeugt gewesen, dass Abengoa und ich uns schon ein Leben lang kennen, und weil die Wartezeit auf den Flughäfen sofort einen eigentümlichen Charakter bekommt, wusste ich nicht mehr, seit wann ich ihm eigentlich zuhörte. Aber nicht nur die Zeiten, auch die Räume, der Flughafen von Pittsburgh und das Town Hall Hotel in Buenos Aires gerieten durcheinander, die Müdigkeit, die wegen der langen Warterei und dem Gemurmel der Menschen und Klimaanlagen auf meinen Schläfen und meinem Nacken lastete, schien der nicht unähnlich zu sein, die damals Abengoa aufgrund des Jetlags quälte.

Mariluz gab sich leidenschaftlich und sagte mit kokettem, verführerischem Tonfall in der Stimme, sie würde ihn in ihrem großen Bett vermissen. Dann fragte sie, wie das Bett sei, in dem er gerade lag. Auf sechstausend Kilometer Entfernung, sagte Abengoa, hätte die Stimme seiner Frau in ihm unvermutet ein diskretes arousal erweckt.

In dem Moment klopfte es in Abständen mehrfach geheimnisvoll an der Tür. Abengoa fühlte sich erregt von der Aussicht auf einen Seitensprung, gleichzeitig hatte er Angst, Mariluz könnte das Klopfen hören und erfassen, was es zu bedeuten hatte, obwohl ihm selbst im Bruchteil einer Sekunde bewusst wurde, dass es genauso gut ein Kellner oder das alte Zimmermädchen sein konnte. «Aber ich wusste, dass sie es war, Claudio, ich wusste es, als ich das Klopfen hörte, so als hätte ich den Geißblattduft gerochen, es kam mir sogar so vor, als röche ich ihn durch die Tür.»

Er fragte nicht, wer da klopfte, schaute nur zur Tür und hielt seine Hand über die Muschel, während er durch den Hörer die vertraute, ein wenig verruchte Stimme seiner Frau hörte. Aber er brauchte keinen Vorwand zu erfinden, um aufzulegen. Mariluz sagte mit dem ihr eigenen Pragmatismus, ein Gespräch auf diese Entfernung und noch dazu aus einem Hotel müsse doch viel Geld kosten, und sie würden sich ja bald sehen. «Komm, sag mir was Liebes», sagte sie zum Abschied. Er war schon aufgestanden, weil er es nicht mehr erwarten konnte, aufzulegen und die Tür zu öffnen, und sagte abwesend, fast ein wenig ungehalten in seiner Erregung: «Ich liebe dich, Kleines.»

Aber als er öffnete, war niemand da. Er hatte zu lange gewartet, dachte er und verspürte kleinlichen Groll gegen Mariluz, aber um seine Enttäuschung zu lindern, stellte er sich vor, dass es tatsächlich ein Kellner, der dienstbeflissene Liftboy oder die schlampige aufdringliche Alte mit dem Staubsauger gewesen sein könnte. Im Flur gab es trotz der altersschwachen Leuchter und der großen Spiegel nur ein wenig düsteres Licht, das so verbraucht und abgenutzt schien wie die Bilder auf dem Teppich oder das vergilbte Gewebe der Vorhänge. Auf einmal hörte er von irgendwoher Musik, und zugleich bemerkte er einen schräg einfallenden Lichtstrahl, der aus einer halb geöffneten Tür kam, derselben, die die Frau mit der blond gefärbten Mähne und den roten Lippen aufgeschlossen hatte.

«Da war mir alles klar, Claudio.» Er schnitt mit der ausgestreckten rechten Hand durch die Luft, als wollte er mir eine starre gerade Linie vorführen. «Diesmal würde ich mich nicht einschüchtern lassen.»

In dem verstaubten Spiegel, den das Zimmermädchen kurz zuvor zu putzen vorgegeben hatte, während sie ihm nachspionierte, machte Abengoa einen kurzen Check, rückte die Krawatte zurecht, zog den Scheitel nach, schob die Brust vor, und dann stürzte er sich kopfüber ins Abenteuer, um seine Worte zu gebrauchen. Je näher er an die halb offene Tür kam, desto heller wurde das Licht, und die Musik wurde deutlicher: Was Abengoa da hörte oder gehört zu haben sich erinnerte, war natürlich ein Bolero, ein musikalisches Genre, das mir offen gestanden wenig vertraut ist, dessen sexuelle und kulturelle Konnotationen mir jedoch dank der wertvollen Arbeiten von Iris M. Zavala bekannt sind.

«Diesen Bolero werde ich mein Leben lang nicht vergessen, Claudio, ich bekomme eine Gänsehaut, wenn ich daran denke.» Wieder krempelte er den Ärmel hoch, um den körperlichen Effekt seiner Erregung zu demonstrieren. «*Caminemos*. Den musst du doch kennen.»

Ich wollte gerade erwidern, dass meine Kenntnisse der lateinamerikanischen Musik leider nicht über die anklagenden Lieder von Quilapayún, Inti Ilimani et alii hinausgingen, die ich in meiner weit zurückliegenden Studienzeit in Madrid häufig, wenn auch nicht sehr aufmerksam, anzuhören pflegte. Aber als er erst einmal mit dem musikalischen score seiner Erzählung angefangen hatte, ging Abengoa sofort in die Vorbereitung des Höhepunktes hinein, ohne innezuhalten und die Wirkung seiner narrativen Tricks zu studieren. (Ist es ein harmloser Zufall, dass, wie Lacan gezeigt hat, dasselbe Wort auf die Kulmination des sexuellen und textuellen Spieles, auf die Kreuzung zwischen Text und Sex anspielt, in der beide sich auslöschen, *zu Text und Sex geworden*, um das aufschlussreiche Wortspiel aufzunehmen, das der vortreffliche Paul de Man fast schon auf dem Totenbett formulierte?)

Er stieß die Tür auf und schloss sie hinter sich, lehnte sich dagegen und betrachtete die Frau, die auf der anderen Seite des riesigen, altersschwachen Bettes in dem Zimmer stand, das sich als Hochzeitssuite entpuppte. Sie hatte sich träge an das Fensterbrett gelehnt, und ohne dass er besonders darauf geachtet hätte, bot sich Abengoa ein apokalyptischer Anblick von lichtlosen Wolkenkratzern, die für Bruchteile von Sekunden von den Blitzen eines Gewitters angestrahlt wurden, das wenig später über der Stadt mit einem heftigen Tropenregen niederging. Hinten im Zimmer drehte sich die Schallplatte mit den Boleros auf einem dieser alten Plattenspieler, die in ein Möbelstück eingelassen sind, erklärte mir Abengoa, der die ganze Zeit über sehr viel Wert aufs Detail legte.

«Endlich bist du da.» Das waren die einzigen Worte der Frau, und die Art, wie Abengoa sie wiederholte, ließ darauf schließen, dass es sich um den Titel eines dieser Boleros handelte. Dann sprachen sie nichts mehr, sie gingen aufeinander zu, als würden sie geräuschlos über den schäbigen Teppich gleiten, und als sie sich in die Arme fielen, presste sie ihn gegen ihre Hüften, bis er fast schmerzhaft die breiten Beckenknochen spürte. Sie machte kreisende Bewegungen und berührte ihn ohne eine Spur von

Scham. An dieser Stelle muss ich, nicht ohne embarrassment, Abengoa wörtlich zitieren: «Sie rieb sich mit ihrem ganzen Körper an mir.»

Man kann sich denken, dass er mir kein Detail seiner performance ersparte, die sich, obwohl sie ihm ungewöhnlich und einzigartig vorzukommen schien, sklavisch an die narrativen Muster dieser adult movies hielt, die übrigens neuerdings sogar in einigen aufgeweckten Spanish Departments als Beweise für die Rhetorik des Exzesses untersucht werden, welcher dem pornographischen Diskurs zugrunde liegt. Nach diesem Vorbild ließ Abengoa sich unerschütterlich und in epischer Breite über die Unersättlichkeit der Frau und seine eigene nicht versiegende Potenz aus, er berichtete von bestimmten sexuellen Praktiken, die nichts mit der Fortpflanzung zu tun haben, sondern mit Varianten von Analität und Oralität, an deren grenzüberschreitender Bedeutung aus der Sicht der bahnbrechenden und erhellenden Studien Michel Foucaults, die wir so häufig in unseren papers zitieren, kein Zweifel besteht, obwohl ich zu meiner Schande (und wenn das bekannt würde, auch zu meinem Verderben) gestehen muss, dass ich keines davon zu Ende gelesen habe; je mehr ich versuche, seine Arbeiten zu entschlüsseln, umso weniger verstehe ich, was zweifelsohne ein Beweis für meine begrenzten intellektuellen Fähigkeiten ist.

Am Höhepunkt seiner Erzählung angelangt, vergaß Abengoa alles, sogar dass die Erzählung einen Adressaten voraussetzte, nämlich mich. Während er mir schilderte, wie er und die Frau die ganze Nacht den Donner und das Prasseln des Regens gehört und die Blitze gesehen hätten, und dass sie erst am Morgen eingeschlafen wären, setzte Abengoa ein fast obszönes befriedigtes Grinsen auf, und ich musste an die umstrittene, aber verführerische These von Andrea Billington über die Möglichkeit textueller Ejakulation denken.

«Am Morgen stellten wir fest, dass wir uns nicht einmal unsere Namen gesagt hatten», sagte Abengoa, und der Stolz schwellte ihm die Brust. «Sie heißt Carlota, Carlota Fainberg, und ich werde Sie nie mehr wieder sehen.»

VI

Überall, in jeder Stadt, sagte er, treffe er Frauen, die entfernt oder genau wie Carlota Fainberg aussähen und sie sekunden- oder zehntelsekundenlang verkörperten wie das unerwartete Versprechen eines unmöglichen Wiedersehens. Er sehe sie von hinten, die bis über die Schultern gehende blonde Mähne, sie laufe mit energischer Sinnlichkeit auf ihren hohen Absätzen weit vor ihm den Gang irgendeines Flughafens entlang, manchmal gehe sie auf ein Abfluggate zu, das nicht seines sei, und er fühle sich versucht, ihr zu folgen, obwohl er wisse, dass er womöglich sein Flugzeug verpassen werde und dass diese Frau nicht Carlota Fainberg sein könne. Er beschleunige seinen Schritt, um sie aus der Nähe betrachten zu können und das Geheimnis ihres durch die Haare verdeckten Gesichtes zu lüften, er spüre, wie sein Herz anfange zu klopfen, und er meine in dem aseptischen stickigen Geruch des Terminals den unvergesslichen Geißblattduft zu riechen und diese brüchige, wollüstige Stimme zu hören, die gesagt hatte, endlich bist du da.

Er wisse, dass es unmöglich sei, er könne sie nicht zufällig auf dem Flughafen von Frankfurt oder Djakarta oder in der Empfangshalle des Hyatt in Shanghai treffen, um nur drei von den Orten zu nennen, an denen er geglaubt oder sich gewünscht hatte, sie wieder zu sehen. Mit verstecktem Groll, mit wütender Hoffnungslosigkeit, vielleicht sogar mit einem gewissen Selbstmitleid hatte sie zu ihm gesagt: «Ich verreise nie, ich bin immer nur hier».

In den fünf Jahren, in denen er sie nicht gesehen hatte, ohne sie freilich vergessen zu können, stellte er sich vor, dass sie im fünfzehnten Stock des Town Hall Hotel eingesperrt war wie in einem dieser mittelalterlichen oder gotischen Türme, aus denen die Ritter die gefangenen Damen in den Filmen befreien. Die Stadt Buenos Aires, die sich immer mehr entvölkerte und verfiel und in den Nächten ohne Strom von tropischen Gewittern gepeitscht wurde, welche ihre ungeheuren Energieströme auf die Blitzableiter der unbewohnten Wolkenkratzer niedergehen ließen, war in seiner Erinnerung immer unschärfer geworden, und dennoch erschien sie ihm in manchen Träumen merkwürdig deutlich. Sie war eine Kulisse, wie das Bild, das er vom Fenster des fünfzehnten Stockes aus den einen Tag und die beiden Nächte über gesehen hatte, die er eingeschlossen im Zimmer von Carlota Fainberg verbracht hatte, in dieser heruntergekommenen, barocken Hochzeitssuite, in welcher er, Abengoa, sich mit Carlota in gewisser Weise vermählt, sich ihr mit einer Schamlosigkeit und Willfährigkeit hingegeben hatte, die von seiner Seite größer waren als von ihrer, wie er manchmal etwas reumütig dachte. Von Anfang an, seit er sie zum ersten Mal gesehen hatte, bis zu jenem letzten Augenblick, in dem sie in der Zimmertür erschien, als er gerade mit Mariluz beschäftigt war («Was für eine heikle Lage, Claudio, das war der schlimmste Augenblick in meinem Leben»), hatte Carlota Fainberg ihn eingeschüchtert wie die erwachsenen Frauen, die ihm so gefielen, als er noch ein Junge war, und die mich, nebenbei bemerkt, immer noch einschüchtern. In jedem Moment der Erregung und Lust, den er mit ihr erlebt hatte, war der Druck, die Angst da gewesen, es mit ihren verschlingenden Forderungen, ihrer wollüstigen Tyrannei nicht aufnehmen zu können. Sie war, dachte Abengoa immer noch, auch wenn er es nie ausgesprochen hatte, zu viel Frau für ihn, für seinen Schwanz, trotz seines soliden spanischen Formats. Sie war zu groß, zu wuchtig, hatte zu breite Hüften und Schenkel, sie war zu blond, zu sehr das Vollblutweib der Großstadt mit all den verschiedensprachigen Ausdrücken und den Armbändern und Ketten, die sie nie ablegte und die wie chinesische Glöckchen klimperten, wenn ihr riesiger Körper die erbitterten rhythmischen Stöße seines männlichen Ansturms, der spanischen ehebrecherischen Männlichkeit eines dauererregten Vierzigjährigen, empfing.

Ihm hatten so viele, alle Frauen hatten ihm gefallen, und obwohl er ihnen immer noch nachschaute und sie begehrte, gefiel ihm keine mehr so wie sie, nicht einmal von weitem, und so hatte dieser Seitensprung den Vorteil für seine Ehe, dass er wieder enthaltsamer lebte und folglich treuer war. Keine Frau, es sei denn Carlota Fainberg oder eine, die ihr sehr ähnlich sah, konnte ihn noch in Versuchung führen. Er hatte wenig Hoffnung, sie noch einmal wieder zu sehen, suchte sie aber weiter mit dem Begehren, das ein ganz bestimmter Frauentyp in ihm weckte: blond, auch gefärbt, um die Vierzig; kein junges Ding, winkte er fachmännisch ab, und machte deutlich, dass er die Gelüste anderer nicht teilte, kein Fotomodell mit langen dürren Beinen und mit Silikon aufgepumpten Brüsten und Lippen. Er suchte gestandene Frauen, gesetzt und reif in dem Sinne, wie man es bei Früchten sagt, mit heller Haut, die Art Frauen, die die Sonne nicht vertragen, von gepflegter Leibesfülle, die den Händen und dem Mund des Geliebten das Wohlbehagen üppiger Formen schenken; standhafte, vom Leben geprägte Frauen, die sich der vorteilhaften Wirkung von Kosmetik und Mode für die Schönheit bewusst sind, die gewandt im Umgang mit der deliziösen Raffinesse von Lippenstiften, Dessous, Nagellack und Schuhen sind, die einzuschätzen wissen, wie viel Zeit ihnen noch bleibt, um das Leben in seiner körperlichen Fülle zu genießen …

Nach diesem Frauentyp zu suchen, der Carlota Fainberg vorwegnahm oder an sie erinnerte, war zu einer Gewohnheit seines umherschweifenden Blickes geworden, sobald er an einem Flughafen ankam, aus dem Taxi stieg, sorgfältig die Quittung für seine Reisekosten wegpackte und gepäckbeladen zu den Glastüren schritt, die sich vor ihm öffneten und ihn die künstliche Luft der Terminals atmen ließ, welche nichts mit der im wirklichen Leben zu tun hat, denn sie ist immer wesentlich kälter oder wärmer, als wäre sie sterilisiert oder gefiltert, es wird einem fast immer schwindelig davon, und zusammen mit dem gleißenden Licht und den glänzenden Kunststoffoberflächen bewirkt sie, dass man den Sinn für die Realität verliert und die Verankerung in Zeit und Raum aufgehoben wird. Dann nimmt man das Brummen der Ventilatoren und der Klimaanlagen wahr, auch wenn man nicht hinhört, und die Vibration der Rolltreppen oder der verschiebbaren Paneele, die Ankündigungen aus den Lautsprechern und von den Fernsehbildschirmen, die jetzt an allen amerikanischen Flughäfen über den kunststoffgepolsterten Sitzen der Wartesäle hängen. Man nimmt die Teppich- oder Linoleumböden wahr, die glänzenden Böden und Wände aus Kunststoff, die poliert sind wie die trügerischen saftigen Früchte, die sie in den Supermärkten verkaufen, die dringenden Aufrufe für überfällige Passagiere, das Beben der Motoren startender oder landender Flugzeuge, und vor allem all die unbekannten Gesichter, alle einzigartig und doch identisch, jeder mit seinen bewegenden Lebensumständen, seinem Gesicht und seinem Gang, aber alle gleichermaßen in diese schrecklichen Sportsachen gekleidet, diese Shirts, die sich an monströse Brüste schmiegen, Jogginghosen, die unter dem Druck breiter Hinterteile beben, und Baseballkappen mit Plastikverschluss im Nacken; man sieht dicke, aufgedunsene Gesichter, eine Mischung aus rosiger Infantilität und linkischer Alterschwäche oder aus rosiger Altersschwäche und linkischer Infantilität, denn es gibt Kinder mit aufgeblähten Gesichtern, die wie Greise schlurfen, und alte Frauen, die sich in Rosa und Orange kleiden, sich das Gesicht rosa pudern und das Haar platinblond färben. Auf diesen Flughäfen, die umso irrealer und gespenstischer werden, je mehr Zeit vergeht und je müder man wird, ist man umgeben von einer Welt, die das Mittelmaß nicht zu kennen scheint, wo die Klimaanlage eiskalte Luft herausbläst oder die Heizung Ofentemperatur erreicht, wo gebräunte Athleten, Frauen mit muskulösen Radfahrerbeinen und Menschen herumlaufen, die fetter sind, als ein Mensch sein kann, wo direkt neben einem Geschäft mit exklusiven Seidentaschentüchern, den teuersten Klamotten oder Juwelen der Welt eine Pfanne mit schmutzigem Fett an einem knallbunten Hotdog- oder Hamburgerstand knistert, dessen Personal ebenfalls knallbunte Uniformen und Schilder mit den Vornamen am Revers trägt, oder schlimmer noch, in der Koseform, denn die Amerikaner glauben an spontane Sympathie wie an einen Glaubenssatz, sie glauben an den persönlichen Touch, wenn sie einen Fast-Food-Verkäufer Mandy oder Phil nennen dürfen, der nach zehn oder zwölf Stunden buchstäblich einen Hungerlohn kassiert und sich darüber hinaus der demütigenden Verpflichtung ausgesetzt sieht, ein buntes oder gestreiftes Hemd und eine lächerliche Kappe tragen zu müssen, die womöglich noch mit Zeichentrickfiguren verziert ist.

Und dort, inmitten dieser Leute, inmitten dieser hohen und nasalen Stimmen, die immer wieder ihre Ankündigungen durch die Lautsprecher trompeteten, unter diesen Lampen, deren Licht so grellweiß wie die Wände und so steril wie die Luft schien, saß Marcelo Abengoa, als säße er am Tisch eines spanischen Straßencafés, wie mein Vater vor vielen Jahren, perfekt gekleidet und mit blitzblanken Schuhen, ohne das geringste Zugeständnis an die lustlose Bequemlichkeit der Sportkleidung, ohne vorzugeben, jünger oder weltläufiger zu sein, mit seinem

Pullover aus echter Wolle und seiner Baumwollhose, den schwarzen Schuhen und den feinen Wollstrümpfen, mit seinem wohl beleibten Körper, der von gutem Essen und ausgedehnten Nachtischen zeugte, unerschütterlich, unveränderlich, trotz der Interkontinentalflüge und des ständigen geschäftlichen Hin und Hers in verschiedenen Sprachräumen, so gleichgültig dem Jetlag gegenüber wie den subtilen Zwängen, denen man in den Vereinigten Staaten in allen Bereichen des Lebens ausgesetzt ist und denen ich mich beflissen anzupassen versuche, mit derselben Angst vor dem, was die Leute sagen, als würde ich in den vierziger Jahren in einer spanischen Provinz leben. Er schaute sich mit vor der Brust gekreuzten Armen um, mit wohlwollender Ironie, sein Gesicht bekam plötzlich einen taxierenden Ausdruck, wenn er den Preis des Anzugs oder der Uhr eines Vorbeigehenden schätzte, genauso wie er fachmännisch die Beine oder die Figur einer Frau betrachtete oder Bruchteile von Sekunden in einen Ausschnitt linste.

Ich dachte etwas beunruhigt, dass er auch mich auf den ersten Blick bewertet hatte, er hatte meinen Kontostand und meine Einkünfte, meinen sozialen Status eingeschätzt, und ich, der ich noch ein paar Stunden zuvor, wenn diese Worte in der durch die Warterei auf dem Flughafen getrübten Zeit überhaupt Aussagekraft besitzen, mit offenkundiger Herablassung auf ihn hinuntergeblickt hatte, fing jetzt insgeheim an, mich von ihm eingeschüchtert zu fühlen, in mir wieder diesen Kleinmut angesichts der Autorität oder der Energie anderer zu spüren, der eines der konstantesten Gefühle in meinem Leben ist. Dasselbe empfand ich bei einigen Lehrern in der Schule, bei den Gefreiten und Unteroffizieren im Heer, bei Onkel Guillermo, bei meinem Fahrlehrer, und bei Morini, der genau wie alle anderen in der langen Reihe, die ich hier nur angedeutet habe, über alles viel mehr zu wissen scheint als ich, der listiger ist, schneller reagieren und befehlen kann als ich und viel leichter Fremdsprachen lernt.

Ich hatte mich schon an diesen Gesichtsausdruck gewöhnt, wenn Abengoa die Augen halb schloss und ein wenig abwesend wirkte, dabei aber nicht aufhörte zu reden. Ich stellte mir vor, dass er sich nicht nur an Carlota Fainberg erinnerte, sondern sie vor sich sah, denn selbst seine romantischen Anflüge mussten eine konkrete Substanz, einen fassbaren Grund ohne jeden Anflug von Gedächtnisverlust oder Melancholie haben. «Als würde ein Schatz auf mich warten und mir gehören, auch wenn ich niemals zurückkehren würde, um ihn zu holen», hatte er gesagt, obwohl ich nicht genau weiß, ob das genau seine Worte waren, kein vermuteter oder erträumter Schatz, sondern etwas, das seine Augen gesehen und seine Hände gefühlt hatten, eine Frau, die anders war als alle, die er vorher gekannt hatte und der keine ähnlich war, die er später traf, obwohl sie mehr oder weniger vage dem so geliebten Bild entsprachen, das ihn manchmal auf den Flughäfen, den Terrassen der Cafés oder in den Luxusgeschäften der ausländischen Städte so in Unruhe versetzte. Sogar hier auf dem Flughafen von Pittsburgh, dem Ödland für die Bewunderer weiblicher Schönheit, habe er, wie er mir sagte, kurz bevor wir uns trafen, eine mögliche Carlota Fainberg gesehen, und er hatte sie ein paar Minuten lang verfolgt, bis er sie plötzlich verloren hatte, nicht etwa weil sie verschwunden war, sondern weil ihm das passierte, was ihm schon so oft passiert war, er hatte das von der schönen blond gefärbten Mähne verborgene Gesicht gesehen, und der Zauber war verflogen, das Trugbild von Carlota Fainberg verwandelte sich in eine ganz gewöhnliche Frau und ließ ihn enttäuscht, aber nicht mutlos zurück, denn er, Abengoa, lasse sich zum einen nicht so leicht entmutigen, zum anderen habe die flüchtige Vision der blonden Frau die Erinnerung an seine Liebe in Buenos Aires wieder belebt, an die zwei Nächte und den ganzen Tag, die er in verschwiegenem Halbdunkel in der Hochzeitssuite des Town Hall Hotel verbracht hatte.

VII

Er wachte auf und hatte keine Ahnung, in welchem Teil der Welt, in welcher Stadt oder in welchem Hotel er war. Das passierte ihm öfter, weil er ständig unterwegs war, die Zimmer überall gleich aussahen und er mit den Zeitzonen durcheinander kam, aber diese Benommenheit hielt nur so lange an, wie er brauchte, um ganz munter zu werden. Als er aber diesmal die Augen öffnete und den Blick langsam durch das große unbekannte Zimmer schweifen ließ, konnte er nicht das kleinste Indiz oder auch nur die Spur von einem Verdacht ausmachen, wo oder wer er war oder welche Uhrzeit zu dem schwachen trüben Licht gehörte, das durch die großen halb geöffneten Vorhänge hereinkam, die er nie zuvor gesehen zu haben glaubte. Sie waren blassrosa oder lachsfarben und von einem so erbärmlich kitschigen Stil, dass sie ihn an ein Hotel für Frischvermählte an den Niagara-Fällen denken ließen. Plötzlich überkam ihn eine schreckliche Vermutung: Er war doch nicht etwa an den Niagara-Fällen?

Nicht einmal sein körperliches Befinden – so schien es ihm später rückblickend – war wie sonst. Normalerweise wachte er immer munter und ausgeruht auf, er kam nicht schnell genug aus dem Bett, um ausgiebig zu duschen, und kaum hatte er sich rasiert, hing er auch schon am Telefon, um das Frühstück zu bestellen oder einen Geschäftstermin zu vereinbaren. Zweifellos war die Mattigkeit an diesem Morgen ein weiteres Symptom, das ihn daran hinderte, sich wieder zu erkennen und zufriedenstellend die erste Aufgabe zu lösen, die darin besteht, dass wir uns jeden Morgen aufs Neue erinnern, wer wir sind.

Ein weiterer merkwürdiger Umstand war, dass er nichts anhatte. Er wusste zwar noch nicht, wer er war, aber er wusste, dass er in seinem ganzen Leben noch nie ohne Unterhose und natürlich auch fast nie ohne Pyjama geschlafen hatte. Die Nacktheit musste etwas mit dieser körperlichen Schwäche zu tun haben, die ihn daran hinderte aufzustehen und die viel mit dem morgendlichen Vergnügen des Vor-sich-Hindämmerns und Faulenzens gemein hatte. Das waren Vergnügen, die er, Abengoa, der spürte, dass diese langsame, nicht in Sekunden oder Minuten zu messende Zeit seinen Organismus und seinen Körper und Geist noch länger beherrschen würde, sich bis dahin nicht einmal hatte vorstellen können.

Er drehte sich auf die Seite und zog die Knie an, als wolle er wieder einschlafen, da sah er auf dem Nachttisch ein Schwarzweißfoto von einem lachenden Brautpaar, der Mann im Cutaway und mit Pomade in den Haaren und die Frau blond und mit weit geöffnetem Mund, als würde sie schallend lachen. Einen Moment lang, sagte er mit seinem Faible für technisch anmutende Wendungen, hätte «die Niagara-Hypothese» wieder an Kraft gewonnen. Es sah so aus, als wäre das Foto vor langer Zeit aufgenommen worden, doch dann rief das Gesicht der Frau in ihm endlich die Erinnerung an die vergangene Nacht wach. Vor Erregung zitternd erkannte er in der Frau auf dem Foto Carlota Fainberg, er erinnerte sich wieder an ihren Namen und an jede Einzelheit der Nacht, die ihm vorkam, als hätte sie außerhalb von Zeit und Raum stattgefunden. Im Strom des wiedererlangten Bewusstseins kam ihm ganz am Schluss auch sein eigener Name, die Reise nach Buenos Aires, der Verfall und das Rätsel des Town Hall Hotel wieder in den Sinn, in dessen Hochzeitssuite er mit der Frau des Empfangschefs geschlafen hatte, wie er stolz, aber auch ein wenig beunruhigt rekapitulierte. Als Abengoa richtig wach war, funktionierte seine praktische Intelligenz so schnell wie immer, und in einer Sekunde hatte er das Gesicht des Mannes auf dem Foto mit dem des blassen, mürrischen Kerls verglichen, der ihn am Morgen zuvor an der Rezeption bedient hatte. Das heißt, er verstand sein sauertöpfisches Gesicht, die fahle Farbe des Leberkranken: er war zu alt für diesen mittelmäßigen Posten und für diese Aufsehen erregende Frau, und er war beruflich am Ende.

Jetzt bemerkte er auch den Geruch, der ihn fast so dicht einhüllte wie die Bettlaken, ein Geruch nach Geißblatt und Körpern, die viel geschwitzt und abgesondert hatten. Es beunruhigte ihn, nicht zu wissen, wie spät es war, und feststellen zu müssen, dass er ohne seine Rolex geschlafen hatte, von der er sich sonst nie trennte. Er richtete sich langsam auf, um zu sehen, ob sie auf dem Nachttisch lag, aber plötzlich war ihm das zu anstrengend, er konnte sich nicht aufraffen, er wurde wieder müde, und schon halb im Schlaf sagte er sich, er wolle einfach noch ein paar Minuten im Bett bleiben, er hätte ein Recht darauf, sich nach all den Reisen, nach den Heldentaten dieser Nacht einmal auszuruhen. Als er sich auf der Seite liegend in das stark nach Geißblatt duftende Kissen drückte, auf dem rote Flecken waren, fiel sein Blick vor dem Einschlafen noch einmal kurz auf das Gesicht des Bräutigams auf dem Nachttischfoto, und er dachte mitleidig und mit ein wenig schlechtem Gewissen, dass er ganz bestimmt krank sein müsse, das Foto konnte so alt noch nicht sein, und trotzdem war er ihm an der Rezeption wie ein alter Mann vorgekommen, sein Haar war schon ganz weiß.

«Eine Schande ist das.» Kaum hatte er die Augen geschlossen, wurde er von einer rauen Stimme aufgeschreckt, und ganz in der Nähe bewegte sich ein Schatten, eine Hand, die energisch das Hochzeitsfoto mit der Vorderseite zur Wand drehte. «Zumindest könnte man dieser Seele von Mann ein wenig Respekt entgegenbringen.»

Die Stimme hatte keinen argentinischen Klang, sie war so spanisch wie das Benehmen der Frau, die mit einem Tablett das Zimmer betreten hatte; es war das Zimmermädchen, das immer auf den Fluren des fünfzehnten Stocks herumstrich. Mit der einen gichtgekrümmten Hand drehte sie entschlossen das Foto um, und mit der anderen, ein wenig zittrigen, reichte sie Abengoa einen Orangensaft in einem am Rand leicht abgestumpften böhmischen Glas; sie tat dies ohne jede Unterwürfigkeit, ja, ohne jedes Benehmen, mit offenkundiger Verachtung, in der er jedoch ein wenig Mitleid zu erkennen glaubte.

«Trinken Sie, das können Sie gebrauchen. Los, trinken Sie es aus.»

Während Abengoa halb aufgerichtet im Bett trank, schaute die Frau ihn auffordernd an, wie eine Krankenschwester, die nicht darauf vertraut, dass ein Patient seine Medizin nimmt. «Vielleicht will sie mich vergiften», dachte er, inzwischen auf alles gefasst.

«Stehen Sie auf und gehen Sie.» Die Frau nahm ihm das Glas weg, und mit derselben schroffen Art warf sie seine Sachen auf das Bett. «Bevor es zu spät ist und das Unheil seinen Lauf nimmt.»

«Hat der Mann denn etwas gemerkt?» Abengoa hielt es für notwendig, an die Solidarität unter Spaniern zu appellieren, und er sah sich schon auf lächerliche Weise nackt über den Flur huschen, die Scham notdürftig durch ein Wäscheknäuel bedeckt.

«Der Arme.» Das Zimmermädchen sah jetzt das andere gerahmte Foto des Paares an der Wand an, das viel größer war als das auf dem Nachttisch. «Er weiß alles und kriegt doch nichts mit. Nicht einmal wenn sie verfault im Grab liegt, wird sie ihn in Ruhe lassen.»

Sie ging wortlos hinaus, ohne Abengoa anzusehen. Er schob unlustig die Bettlaken auseinander und wollte Kräfte sammeln, um aufzustehen, da sah er, dass er am ganzen Bauch und an den Innenseiten der Schenkel Bissspuren und rosa und violette Flecken hatte. Er zog seine Unterhose und die Strümpfe an und fühlte sich schon viel sicherer, mit mehr Energie, um die alarmierende Anzahl von Aufgaben zu erfüllen, die ihm sein schlechtes Gewissen präsentierte: Er musste herausfinden, wie spät es war, um dann die Uhrzeit in Spanien auszurechnen, das war das Wichtigste, er musste die Vorhänge aufziehen, damit die Sonne hereinkam, in sein Zimmer gehen und duschen.

Aber die Uhr war stehen geblieben, und dem grauen Licht nach zu urteilen, das ihn empfing, als er aus dem Fenster schaute, konnte es ebensogut neun Uhr morgens wie sieben oder acht Uhr abends sein. Er stand vor den lachsfarbenen Vorhängen, die nach Staub rochen, und bekam weiche Knie, er fühlte sich schwindelig und fiebrig, aber vielleicht lag das auch nur an der Schwüle des bewölkten Tages. Auf seltsame Weise fühlte er sich glücklich und niedergeschlagen, aufgewühlt und matt. Die Stadt sah aus dieser Höhe genauso aus wie alle anderen Metropolen auf der Welt, Wolkenkratzer, Betonbrücken, Industrie- und Hafenanlagen, die sich in einer schmutzigen Meeresferne, einem Grau, das dem bewölkten Himmel ähnelte, verloren.

«Ich muss dir ein Geständnis machen, Claudio, ich bin nicht sonderlich sensibel», sagte er, seine Erzählung unterbrechend, und wendete den Blick von dem Fenster ab, durch das er nicht die Start- und Landebahnen des Flughafens von Pittsburgh, sondern das Panorama von Buenos Aires zu sehen schien. «Aber alles, was mir da durch den Kopf ging, kam mir so vor, als ob es einem anderen geschähe. Stell dir vor, es würde mich nicht wundern, wenn es dir passiert wäre.»

Ich weiß nicht, ob er das bewundernd sagte oder nur mit diesem ein wenig herablassenden Paternalismus, den ich an ihm immer deutlicher feststellte, je länger wir dort saßen und je weiter er mit seinem unternehmerischen Scharfblick Daten sammelte, um meine Stellung in der Welt, mein ungefähres Gehalt und meine Aufstiegsperspektiven zu ermitteln. Als Erzähler war er von verblüffender Sprunghaftigkeit, innerhalb von Sekunden, innerhalb von wenigen Sätzen ging er von einer romantischen Gestimmtheit zu einer lüsternen oder regelrecht unflätigen Bemerkung über, von einer vertraulich sexuellen Enthüllung zu einer gewaltsamen Ellipse, ein wenig im Stil von *À bout de souffle* von Godard, ein Film, den ich nie gesehen habe, den ich aber in der letzten Zeit immer wieder zitieren muss. Unfähig, die nötige Distanz zum Material und den narrativen Tricks aufrechtzuerhalten, folgte ich ihm fasziniert, wohin auch immer er mich führte, wie die Ratten und die Kinder der Flöte des Rattenfängers von Hameln gefolgt sind.

Jetzt merkte ich beispielsweise, dass er auf einen spannenden Moment zusteuerte, vielleicht war er mit sich selbst unzufrieden über die Digressionen zur Wetterlage und zur Farbe des Himmels in Buenos Aires. Er übersprang einige Details, auf die er ansonsten viel Wert legte, oder fasste sie zusammen (das Zusammensuchen der Wäsche, das Inspizieren des Flurs, bevor er die Suite verließ, die Rückkehr in sein Zimmer, wo das unbenutzte Bett ihn erneut an den zerwühlten Zustand des anderen erinnerte), und setzte mit seinem Bericht an der Stelle wieder ein, als er körperlich und seelisch wiederhergestellt war, nachdem er geduscht und ausgiebig gefrühstückt hatte. Das Frühstück war ihm mit lustloser Nachlässigkeit serviert worden, wie das für Hotels charakteristisch ist, die kurz vor dem Ruin stehen und folglich angreifbar sind für eine Übernahme durch Worldwide Resorts. Das nächtliche Abenteuer hatte ihn zwar gründlich befriedigt, er war sich aber durchaus bewusst, dass er in doppelter Hinsicht, als Ehemann und als Geschäftsmann, unvorsichtig gewesen war. Nüchtern betrachtet zeigte Carlota Fainberg Anzeichen von Verwirrung, und Mariluz war trotz ihrer glücklichen Unschuld einer spanischen Hausfrau («Ich schwöre dir, Claudio, mit ihren achtundvierzig Jahren hat sie manchmal noch etwas Kindliches») keineswegs auf den Kopf gefallen, jede kleinste Unachtsamkeit konnte sie auf die Fährte einer peinlichen Entdeckung bringen. Sie würde in Kürze auf dem Weg sein, vielleicht hatte sie, ungeduldig wie sie war, an diesem vorgerückten spanischen Nachmittag die Koffer schon gepackt und machte sich gerade bereit, ein Taxi zum Flughafen Barajas zu rufen, während Abengoa immer noch nicht in die Zeit zurückgefunden hatte.

Wieder aktiv und voller unternehmerischer Energie versuchte er, sich die Krawatte vor dem Spiegel zu binden und gleichzeitig ein internationales Ferngespräch zu führen, um Zeit zu sparen. Aber weder das eine noch das andere wollte ihm gelingen, denn er hatte ungewöhnlich ungeschickte Finger, bis vor kurzem hatten sie sogar noch gezittert, und das katastrophale Telefonnetz in Buenos Aires machte das Telefon ungewohnt häufig zu einem so überflüssigen Gegenstand wie der alte Aufzug, nur wesentlich nutzloser. Wenigstens war es ihm gelungen, die Rezeption zu kontaktieren – das Verb kontaktieren gefiel Abengoa sehr –, aber er hatte nicht den Eindruck, dass sein energischer Protest die schläfrige Stimme am anderen Ende wachgerüttelt hatte. Ihm war plötzlich der Gedanke gekommen, dass er vielleicht gerade mit dem Ehemann von Carlota Fainberg sprach, und nach einem kurzen Augenblick der Verlegenheit hatte er wieder Oberwasser und sprach mit dem anderen in einem verächtlichen sarkastischen Ton, wie es sich für jemanden gehört, der seinem Gegenüber die ganze Nacht Hörner mit einer Frau aufgesetzt hat. Dieser alte argentinische Knacker konnte sie sexuell nie befriedigen.

Professionell bis ins Mark, um es mit seinen eigenen stolzen

Worten zu sagen, entschied er, dass er zum Wohle der Interessen von Worldwide Resorts und der Stabilität seiner Ehe die heiße Romanze mit Carlota Fainberg abbrechen sollte. Sie war einfach eine zu tolle Frau, dachte er, überaus gefährlich in ihrer Leidenschaftlichkeit, und möglicherweise so skandalös wie ihre Lustschreie während des Orgasmus, der sehr lang war und etwas Schmeichelhaftes, aber auch etwas Bedrohliches hatte, das an die Ekstase der Katzen erinnerte. Sie sprach sehr laut und lachte schallend heraus, ohne sich darum zu kümmern, dass man sie durch die Tür oder die dünnen Zimmerwände hören konnte. Die Ruhepausen, die sie Abengoa in der Nacht zugestanden hatte, hatte sie genutzt, um unruhig zu rauchen, eine weitere Platte mit Boleros aufzulegen oder ihm von einer Theaterkarriere zu erzählen, die offensichtlich sehr ruhmreich gewesen war, aber die sie vorzeitig, vielleicht wegen der Eheschließung, beendet hatte. Abengoa hatte die Einzelheiten nicht mitbekommen, zum Teil, weil er wie alle praktischen Menschen nicht hinhörte, wenn ihn etwas nicht interessierte, zum Teil auch, weil ihn trotz aller Anstrengung, wach zu bleiben, manchmal der Schlaf übermannte, was seine unermüdliche Geliebte erzürnte, die ihn mit den abrupten Gebärden einer vernachlässigten Frau tadelte, ihn schüttelte und dabei ihre langen roten Fingernägel in seinen Schopf grub, oder die subtilen, blutsaugerischen Künste der Stimulation anwandte, um ihn aufzuwecken, bis er sofort wieder «bereit» war, wie er nicht ohne Eitelkeit sagte, und sie ihm ein letztes Röcheln der Verzückung und Schwäche entlockte. «Als wäre ich am Ende, Claudio, als müsste ich sterben», sagte er kopfschüttelnd und tauchte auf aus den Tiefen der Erinnerung. Er sah mich an, als würde er sich fragen, ob ich bei meinem begrenzten Erfahrungsschatz überhaupt verstünde, was er da gerade erzählte.

Er durfte sich nicht gehen lassen, entschied er vor dem leicht stumpfen Spiegel seines erbärmlichen Zimmers, als er die Krawatte gebunden hatte und in seinem tadellosen Manageranzug – «picobello!» – bereitstand, eine der gründlichen Inspektionen der Hotelanlagen durchzuführen, die dafür gesorgt hatten, dass er in seinem Job berühmt und gefürchtet war. Das Erlebnis mit Carlota Fainberg war «sehr schön, eine unvergessliche Nacht», aber eben nur eine Nacht, «der Traum einer Nacht», wie es Abengoa mit einer unerwarteten Shakespeare'schen Inter/text/sex/ualität ausdrückte. Er würde seine Arbeit machen, und wenn Mariluz käme, würde er mit ihr durch Buenos Aires spazieren, ihr einen Pelzmantel kaufen, sie zum Essen ins La Cabaña und zum Tango ins El Viejo Almacén ausführen und es ausnutzen, dass der wirtschaftliche Ruin des Landes den Wert seiner Dollars auf schier phantastische Weise, fast jede Stunde, multiplizierte. Erforderte diese Konjunkturlage nicht geradezu ein rasches und entschlossenes Handeln gegenüber diesem Hoteldinosaurier namens Town Hall, «ein take over mit Mumm im Sack», um den genauen Wortlaut Abengoas zu zitieren, auch wenn es mir die Schamröte ins Gesicht treibt.

Er wurde durch ein verwirrendes, aber inzwischen schon bekanntes und, weil er es mit Carlota verband, sogar erregendes Geräusch aus diesen ernsten Überlegungen gerissen: Der Aufzug kam langsam nach oben und hielt auf seinem Stockwerk. Er hörte das metallische Quietschen der Falttür und langsame, feste Schritte auf dem polierten Holzfußboden im Flur. Wie erstarrt stand er vor dem Spiegel, sicher, dass die Schritte auf ihn zukamen und Carlota Fainberg eine Sekunde später an seine Tür klopfen würde. Er spürte einen Anflug männlichen Missbehagens: Er wollte jetzt lieber allein sein, und nichts stört einen Mann mehr als die lästigen Anliegen übertrieben sentimentaler Frauen, die einem einfachen und gesunden sexuellen Abenteuer alle möglichen Bedeutungen beimessen, die einen sofort ausfragen, was man denkt, und einem in einer Art Beichtnot das ganze Leben, ausführliche Geschichten von Männern und Liebhabern erzählen, dass man Mühe hat, die Augen offen zu halten und ein interessiertes Gesicht zu machen, obwohl man am liebsten ganz ruhig allein im Bett liegen und tief und fest schlafen würde … Er musste ihr sagen, dass er sehr beschäftigt war, und er musste sie, so hart die Wahrheit auch war, auch davon in Kenntnis setzen, dass seine Frau bald eintreffen würde.

Aber die Schritte kamen nicht näher. Sie entfernten sich, und mit dem Zuschlagen einer Tür erstarb das Geräusch ganz. Dafür hörte man jetzt den Staubsauger der alten Spionin, des klatschhaften spanischen Zimmermädchens. Nachdem Abengoa erst ein gewisses Missbehagen wegen des in seiner Vorstellung vorweggenommenen Besuchs von Carlota Fainberg verspürt hatte, war er jetzt verletzt und enttäuscht, fast beleidigt, weil sie nicht einmal eine Sekunde vor seiner Tür innegehalten hatte. Aber die Erfolg versprechendste Strategie bei Frauen, so erklärte er mir, sei es, den Unnachgiebigen zu spielen. Er nahm sich vor, in aller Ruhe seinen Verpflichtungen nachzugehen, er würde sich in das Hotelrestaurant begeben und dort zu Mittag oder zu Abend essen (er war sich noch nicht sicher), er würde seine Nachforschungen anstellen und ein wenig die Avenida de Mayo entlangflanieren, die der Gran Vía in Madrid so ähnlich war.

Es war besser, wenn Carlota sich seiner nicht zu sicher war, sie sollte wissen, dass er nicht zu der Klasse von Männern gehörte, die wie ein zahmes Hündchen einer Frau hinterherlaufen. Energischen Schrittes verließ er das Zimmer, nahm das Notizbuch mit goldenem Stift mit, das Mariluz ihm geschenkt hatte, und seine kleine Kamera, die für die Illustration seiner Berichte recht dienlich war und die er mir aufgrund seines schon erwähnten Dokumentationseifers umgehend zeigte. Er ging also aus dem Zimmer, kam aber nicht einmal dazu, den Klingelknopf am Aufzug zu betätigen.

«Es war die Musik, Claudio, derselbe Bolero wie das letzte Mal. Was soll ich sagen, man ist ja nicht aus Stein …»

Als er die Tür der Hochzeitssuite aufstieß, wartete Carlota in exakt derselben Position wie in der Nacht zuvor auf ihn. Die zugezogenen Vorhänge ließen das Tageslicht nicht hindurch, sie trug denselben Anzug und dieselbe Frisur, und als sie auf ihn zuging, sagte sie dieselben Worte: «Endlich bist du da».

VIII

Am Ende dieser genau gleich verlaufenden Nacht wachte er ruckartig mit dem Gefühl auf, dass er geträumt hatte, und plötzlich befiel ihn die Angst, er könne nicht mehr rechtzeitig am Flughafen sein, um Mariluz abzuholen. Im Halbschlaf träumte er, dass er auf die Straße hinausging und kein Taxi fand, dass er auf dem Weg nach Ezeiza war und in einem Stau feststeckte oder, im Halbdunkel des anbrechenden Morgens vom Weg abgekommen, durch endlose Vorstädte fuhr. Dann war er endlich am Flughafen und vernahm erleichtert die Ankündigung der Landung des Fluges der Iberia aus Spanien. Aber sein Wohlbefinden wurde empfindlich gestört, als er, ohne ganz wach zu werden, weit genug aus dem Schlaf auftauchte, um zu merken, dass er noch immer im Bett lag und dass der Körper, der ihn verschwitzt in den Armen hielt, der einer großen, unbekannten Frau war, die er erst mit einiger Verzögerung als Carlota Fainberg erkannte.

Die Müdigkeit und die Angst brachten Traum und Erinnerung durcheinander. In der Nacht zuvor hatte er gedacht, diese grandiose Begegnung sei unwirklich und unwiederholbar, aber alles hatte sich wiederholt, quasi Punkt für Punkt, angefangen von den Boleros auf dem alten Plattenspieler bis zu dem Gelächter und den Schreien Carlotas, auch der Lärm des Gewitters und des heftig gegen die Fensterscheiben prasselnden Regens. Es wiederholten sich die von ihr auf dem Rücken liegend gierig gerauchten Zigaretten, während sie die alten Geschichten über ihre Bühnentriumphe mit derselben Überzeugung und derselben Bitterkeit erzählte, als hätte er sie noch nicht gehört. Sie lag nackt, groß und schweißglänzend da, das blonde Haar fiel ihr über das Gesicht mit den schwarzen Augenbrauen, die so dunkel waren wie ihr Schamhaar. Sie verfiel immer noch unvermittelt in ängstliches Schweigen und führte den Zeigefinger an die geschwollenen Lippen, als hätte sie jemanden gehört, während er nur das Geräusch des Aufzugs wahrnahm.

Sie fragte ihn nicht, was er in ihrer Abwesenheit getan hatte, und sagte ihm auch nicht, wo sie gewesen war. Sie wiederholte dieselben herausfordernden und erstaunten Blicke, sie erklärte ihm die Nuancen des erotischen Vokabulars von Buenos Aires, das er in der vorhergehenden Nacht gelernt hatte, sie verwendete dieselben Zärtlichkeiten und stimulierenden Reize, sie biss ihn mit demselben Begehren, derselben Raserei genau an den Stellen, wo er schon Spuren von ihren Zähnen hatte. Und er erlebte noch einmal das, von dem er geglaubt hatte, dass es sich niemals wiederholen würde, die stolze Manneskraft, den Reiz und die Eitelkeit der Eroberung, die Erschöpfung und die Lust am Rande des Vergehens, die drückende Last des Schlafes auf den Lidern, dem ganzen Körper, der zerkratzt, leidend und trunken war und vor Müdigkeit und Lust überquoll. Er warf mir einen seiner kühl prüfenden Blicke zu und sagte, leicht spöttisch, wie mir schien: «Aber was soll ich dir erzählen, Claudio, du hast doch die sexuelle Revolution an den amerikanischen Universitäten, die Gegenkultur, wie Mariluz sagt, hautnah erlebt.»

Ich lächelte dümmlich, nickte und schaute dabei auf den Fußboden, denn ich erinnerte mich, dass ich die Zeit der Gegenkultur in einer schrecklichen Schule der Salesianer verbracht hatte, vertraut allein mit der sehr bescheidenen Revolution des Onanierens, das von Schuld und von der Angst besetzt war, in die Hölle zu kommen oder gelähmt oder verkrüppelt zu enden, wie uns die guten Pater sagten, die mit unserer Erziehung beauftragt waren. Warum schüchterte er mich derart ein, dieser rüde, provinzielle Landsmann, der nicht das einfachste englische Wort korrekt aussprechen konnte, und den ich spätestens in ein paar Stunden für immer los sein würde? Mehr noch, warum glaubte ich eigentlich alles, was er erzählte, warum glaubte ich diese Anhäufung trauriger Gemeinplätze eines bäurischen Donjuanismus?

Von der vielen Rederei hätte er einen ganz trockenen Mund, sagte er, und er wolle am nächstgelegenen Zeitungsstand ein Päckchen Kaugummi kaufen. Es war derselbe – ich stellte das fest, als handele es sich um eine Koinzidenz in einem Traum –, an dem wir uns, ich weiß nicht mehr wann, getroffen hatten, ich mit der Ausgabe von *El País Internacional* in der Manteltasche meines raincoat, und er, im Rückblick wurde mir dieses Detail bewusst, mit einer teuren Auto- oder Motorsportzeitschrift in der Hand … Ich sah zu, wie er hinter einem Ständer mit Bestsellern verschwand, und da kam mir die drängende und zugleich absurde Idee, diesen Moment zu nutzen, um mich aus dem Staub zu machen, indem ich auf einen dieser elektrischen Wagen aufstieg, die schnell und geräuschlos von einem Terminal zum anderen fuhren und Gepäck und alte oder behinderte Menschen transportierten. Wir waren im Transit-Terminal, aber ich musste in das internationale und Abengoa in das für domestic flights, also wäre es nicht schwer, ihn für immer aus den Augen zu verlieren, er würde mich bestimmt nicht suchen. Ich nahm den Tragegriff meines Computerkoffers und wollte aufstehen, da bemerkte ich, dass ich von dem stundenlangen Warten ganz steif geworden war, nicht auszudenken, welch lächerliche Figur ich machen würde, wenn Abengoa mich bei meiner Flucht ertappen würde. Schließlich kam er laut Kaugummi schmatzend zurück und bot mir auch einen an; sein Gesicht hatte einen Ausdruck von Verschlagenheit und Spott, als hätte er meine Gedanken gelesen. Ein paar Sekunden später war ich schon wieder in seiner Erzählung gefangen und konnte nicht mehr fliehen.

«Kurzum, Claudio, wie durch ein Wunder wachte ich auf, als es nicht einmal mehr zwei Stunden hin war bis zu der Ankunft des Flugs aus Madrid, dabei hatte ich nicht die Kraft, aufzustehen und den Wasserhahn der Dusche aufzudrehen. Ich betrachtete mich im Spiegel, ich war leichenblass, unrasiert, und ein Teil des Halses war von Bissspuren übersät. Was für eine Frau, diese Carlota Fainberg, eine Vampirin, ich fühlte mich, als hätte sie das Leben aus mir herausgesaugt, aber glaub nicht, dass sie genug hatte, nicht einmal da, sie kam hinter mir her in das Badezimmer und rieb sich an mir, sie wollte nicht, dass ich unter die Dusche ging. Ich wurde ernst und schob sie weg, sagte ihr, dass ich verheiratet sei, auch wenn ich keinen Ehering trüge, dass meine Frau an diesem Morgen ankommen würde, und auch wenn das schmerzlich für uns beide wäre, ich dächte nicht daran, meine Ehe zu zerstören. Das habe ich ihr gesagt, Claudio, genau so, mit diesen Worten, ich wollte, dass sie beleidigt abzog und ich nicht noch mehr Zeit verlor. Doch sie hob nur arrogant das Kinn, und ich merkte noch mehr, wie groß sie war, als sie dort so nackt im Badezimmer vor mir stand und mich ein wenig von oben herab betrachtete, und ich hatte nicht einmal eine Unterhose an. Was ich mir denn eingebildet hätte, ich spanischer Gockel, sie hat tatsächlich Gockel gesagt, sie wäre auch verheiratet und wollte genauso wenig ihre Ehe aufs Spiel setzen. Sie fing an zu lachen, als sie das sagte, ihre Ehe aufs Spiel setzen, und vom Lachen bebten ihre Brüste. Was ich mir gedacht hätte, wegen einer Lappalie, wegen einer Affäre von ein oder zwei Nächten … Das hat wehgetan, Claudio, das hat mich tief getroffen, ich fühlte mich verraten. Aber ich hatte keine Zeit zu verlieren, ich musste noch duschen, saubere Sachen anziehen, etwas zu mir nehmen, damit mir nicht die Beine zitterten, und ein Taxi finden, das auf dem Weg zum Flughafen nicht auseinander fiel.

«Und sie, was machte sie?»

«Carlota?» Im Eifer des Erzählens hatte Abengoa sie ganz vergessen, wie man beim hastigen Verlassen des Hotelzimmers etwas liegen lässt. «Sie blieb bei zugezogenen Vorhängen rauchend im Bett liegen und schaute mir mit spöttischer Miene beim Anziehen zu, so als wollte sie sagen: ‹Mach nur, lauf schnell zu deinem Frauchen.› Es kam mir vor, als würde sie mich nicht nur mit den Augen, sondern auch mit den riesigen Brustwarzen ansehen, wie Erdbeeren, Claudio, sie hatten auch fast dieselbe Farbe ... Fluchend eilte ich hinaus und hatte Glück, ich fand ein schnelles Taxi, und das Flugzeug aus Madrid hatte eine Stunde Verspätung, sodass ich Zeit hatte, mich ein wenig zu erholen. Mariluz sah müde und abgezehrt aus, logisch, sie ist solche Reisen ja nicht gewöhnt, aber sie war liebevoll wie immer, die Arme, und so romantisch, als sie mich sah und mir in die Arme fiel, wie die Frauen in den Filmen, die ihr so gut gefallen, wo Leute sich in Venedig treffen oder sich nach vielen Jahren wieder sehen. Ich schäme mich, es dir zu sagen, weil Mariluz für mich mehr als eine Lebensgefährtin ist, sie ist mein bester Freund, wie ich es nenne, mein Komplize; also, als ich sie zwischen den anderen Passagieren sah, kam sie mir fülliger und kleiner vor, als ich sie in Erinnerung hatte, und obwohl ich sie nicht mit Carlota Fainberg vergleichen wollte, ließ sich das natürlich nicht vermeiden. Du wirst sehen, die argentinischen Frauen haben ein anderes Format, sie sind mondäner, vielleicht durch die Vermischung der Rassen, oder weil sie sich alle analysieren lassen oder wegen der ausgefallenen Namen. Du wirst zugeben müssen, dass es nicht dasselbe ist, Mariluz Padilla Soto zu heißen oder Carlota, Carlota Fainberg.»

Als sie in das Hotel zurückkamen, hatte er Angst, out of the blue auf Carlota zu stoßen und nicht schnell genug reagieren zu können, damit seine Frau keinen Verdacht schöpfte. Er fürchtete auch, dass Carlota, die ja im Grunde hysterisch war, einen Riesenskandal machen könnte. Wie jeder Schuldige verspürte er den zwanghaften Wunsch, ja nicht negativ aufzufallen, dabei fühlte er sich von verräterischen Anzeichen umgeben. Den Blick, sagte Abengoa, den der alte Empfangschef Mariluz zuwarf, als sie in die Empfangshalle kamen, war eisig. Der Kerl hob die feuchten Augen über der bis auf die Spitze der Hakennase hinuntergerutschten Brille und gab dem Liftboy ein warnendes Zeichen, der sich daraufhin übertrieben vor Mariluz verbeugte und dabei Abengoa ansah, als wollte er ihm seine Komplizenschaft, sein Schweigen anbieten.

«Ich weiß nicht, ob das alles Einbildung war, Mariluz jedenfalls schöpfte keinerlei Verdacht. Das Hotel gefiel ihr, wie du dir vorstellen kannst, ich habe dir ja gesagt, sie ist eine hoffnungslose Romantikerin, die Arme, ungeheuer sentimental, eine Sache braucht nur ein wenig alt zu sein, und schon ist sie begeistert. Stell dir vor, sie will unbedingt, dass ich mit ihr nach Wien reise, um live das Neujahrskonzert zu sehen, als wenn das so einfach wäre, der Traum ihres Lebens, sie im langen Kleid und ich im Frack den Walzertakt klatschend. Aber ich blieb wachsam, und mir wurde ganz mulmig, als wir mit all ihren Koffern in den Aufzug einstiegen und dieser rücksichtslose Kerl anfing, an den Knöpfen und Kurbeln zu hantieren. Ich glaube, er hat mir sogar zugezwinkert, das musst du dir mal vorstellen, als müsste ich mir sein Schweigen erkaufen. Aber Mariluz war ganz begeistert, die Erschütterungen und das Knarren machten ihr nichts aus, sie sagte, dieser Aufzug wäre genau wie in den alten Filmen, und das stimmte ja auch, machen wir uns nichts vor, mir kam er vor wie aus der Stummfilmzeit. Sie seufzte und sah mich überglücklich an, als hätte die Begeisterung die Müdigkeit vertrieben. Sie war so gut gelaunt, dass sie, als wir in die Avenida Nueve de Julio eingebogen waren, anfing *Mi Buenos Aires querido* zu trällern. Es war genau wie damals, als ich mit ihr in einem dieser Tempel in Indien war, wo so viele Statuen von Affen und Elefanten rumstehen, dass einem allein vom Hinschauen schwindelig wird, fünfzig Grad im Schatten, und sie springt putzmunter zwischen diesen bewachsenen Ruinen herum, die bestimmt voll waren mit allen möglichen Tieren, Kobras, Klapperschlangen, und sie fand das toll, sie trug einen Strohhut und noch so ein weißes unter dem Kinn zusammengebundenes Tuch, wie in dieser Fernsehserie über die Engländer in Indien, die Frau hat keine Folge versäumt, sie hat sie alle auf Video. Ich lächelte sie an, und je weiter der Aufzug nach oben fuhr, desto banger wurde ich, überleg mal, die Tür geht auf, und Carlota erscheint, um mir etwas Unpassendes zu sagen, oder ich werde rot, Mariluz hat ein Gespür für so was. Wir kamen also im fünfzehnten Stock an, und mir blieb der Herz stehen, als der Liftboy das Ding anhielt und mich anstarrte, als wollte er sagen, ich kenne dein Geheimnis, ich könnte dich erpressen, man weiß ja nie, diesen Südamerikanern ist alles zuzutrauen. Er öffnete die Aufzugtür, ließ uns hinaus, und im Flur war niemand außer dem neugierigen Zimmermädchen, das einen Staubsauger hinter sich herzog, der noch älter war als sie selbst. Und ich glaubte schon, wir würden problemlos in unser Zimmer gelangen, da ...»

«Da tauchte Carlota auf.»

«Genau. Sie stand hinter einer Säule. Mit ihrem Anzug und ihren High Heels, perfekt gestylt, mit ihren roten Lippen und der langen blonden Mähne; sie wirkte blass und die Panik stand ihr ins Gesicht geschrieben, aber sie schaute weder Mariluz noch mich an, sondern fixierte die Aufzugtür. In diesem Moment bekam ich einen roten Kopf, genau wie ich befürchtet hatte, wie ein Schuljunge, stell dir vor, ich bekomme immer noch eine

Gänsehaut, wenn ich daran denke. Glücklicherweise war der Liftboy, der auch als Page fungierte, mit den Koffern von Mariluz beschäftigt, sodass er von alldem nichts mitbekam. Carlota, die immer noch hinter der Säule stand, sah mich an, als wollte sie mir etwas Wichtiges sagen, von Arroganz keine Spur mehr, ihr Gesichtsausdruck war Mitleid erregend. Aber ich ging an ihr vorbei, ohne sie auch nur anzusehen. Der Flur kam mir diesmal viel länger vor, und ich dachte, wir würden unser Zimmer nie erreichen. Ich hatte Mariluz schon vorgewarnt, dass es keine Luxussuite war, aber ihr war das egal, sie hatte sich bei mir eingehängt und ihren Kopf auf meine Schulter gelegt und sang ganz leise *El día que me quieras*. Während der Liftboy die Tür öffnete, sagte ich ihr, jetzt bräuchte sie eine heiße Dusche, ein Beruhigungsmittel und ein wenig Schlaf. Du weißt, wie schnell man in solchen Situationen einen Schlachtplan entwirft. Ich würde warten, bis sie eingeschlafen war, zu Carlota ins Zimmer gehen, sie bitten, mir nicht nachzustellen, und ihr erklären, das mit uns wäre zwar sehr schön gewesen, könne aber nicht weitergehen, und dass es so besser wäre, so könne man die Erinnerung wie einen Schatz in sich tragen und so weiter. Aber mit etwas hatte ich nicht gerechnet. Wie pflege ich immer zu sagen: Der Mann denkt, Gott lenkt und die Frau sprengt …»

Abengoa hatte die unangenehme Eigenschaft, in mir die unmöglichsten Erinnerungen zu wecken: diesmal musste ich bei diesem schrecklichen Sprichwort an die Sticker denken, die man früher an den Rückfenstern der spanischen Autos finden konnte, mit so supertollen Sprüchen wie: «Schwiegermutter an Bord» oder «Schau mir in den Auspuff, Kleines», oder an die Aufschriften auf diesen Keramiktellern, die über dem Kamin oder den Theken der Bars hängen: «Die spanische Frau gehört an den Herd», «Heute wird nichts geborgt, morgen ja». Aber ich, muss ich in der von Chapman bereitgestellten Terminologie gestehen, war bereits sehr viel mehr an Abengoas story interessiert als an seinem discourse, auch wenn das für einen Universitätsprofessor ein wenig kindisch anmuten mag: ich war in einer flüchtigen suspension of disbelief gefangen und hatte mein narratologisches Problembewusstsein gänzlich beiseite geschoben, ich wollte einfach nur wissen, wie die Geschichte weiterging.

«Womit ich nicht gerechnet hatte, um ganz offen zu dir zu sein, Claudio, war die Libido meiner Frau. Wenn sie sich im Taxi an mich geschmiegt und so schlaftrunken gewirkt hatte, lag das nicht an der Erschöpfung durch den Flug, sondern sie hatte, wie sie mir später gestand, bei meinem Anblick plötzlich eine starke Erregung verspürt … So etwas würde sie mir in unserer ehelichen Wohnung niemals sagen. Aber in einem grandiosen Hotel in Buenos Aires, so viele Kilometer von Madrid entfernt, verwandelte sich ihre romantische Ader in einen unbezwingbaren Drang, den Geschlechtsakt zu vollziehen, wie sie zu sagen beliebt. Als ich aus dem Bad kam und ihr ganz beflissen mitteilte, ich hätte alles bereitgelegt, sie könne jetzt duschen und das Valium nehmen, da merkte ich, dass sie die Vorhänge zugezogen hatte, hör gut zu. Sie hatte Schuhe und Strümpfe ausgezogen und lag, die Hände hinter dem Kopf verschränkt, auf der Bettdecke wie Goyas *Die bekleidete Maja*, aus der natürlich binnen Kürze *Die nackte Maja* werden sollte. Und ich denke, was hat sie doch für kurze Beine, bin ich nicht ein Schuft? Stell dir vor, Claudio, was für eine Verpflichtung nach der Nacht, die ich mit Carlota verbracht hatte und von der mir immer noch die Knie zitterten. Würde ich meine Frau noch befriedigen können? Was meinst du?»

Er ließ ein paar Sekunden verstreichen, und ich sagte nichts. Ich habe bestimmt ein dummes Gesicht gemacht, wie der einfältige Zuschauer, wenn das Schauspiel nicht weitergeht.

«Ja, es ist mir gelungen.» Er lehnte sich auf dem Sitz zurück, kreuzte die Arme vor der Brust und biss auf dem Kaugummi herum, richtete sich aber sofort wieder auf. «Oder zumindest fast …» Wieder Stillschweigen. «Am Ende habe ich schlapp gemacht, aber es war nicht allein meine Schuld, denn trotz des Stresses und der Verletzungen wollte ich die glühenden Zärtlichkeiten von Mariluz erwidern, die, ich kann dir versichern, eine ganz andere war und viel stärker ranging als in unseren Nächten zu Hause. Sie saß auf mir, was bei ihr eher ungewöhnlich ist, und wir bewegten uns, um es so zu sagen, auf das Ende zu. Und weißt du, was dann geschah?»

Ich begriff, dass jetzt ein Kopfschütteln von mir erwartet wurde. Er schaute mich ein paar Augenblicke lang schweigend an, um die Spannung zu steigern.

«Aus meiner Position konnte ich, wenn ich den Kopf ein wenig drehte, die Zimmertür sehen. Ich sah, wie sie ganz langsam aufging, während Mariluz sich mit geschlossenen Augen zitternd und keuchend auf und ab bewegte, und dann erschien Carlota in der Tür, mit einer Zigarette in der Hand, ich erinnere mich sehr gut daran, sie blieb stehen und sah uns an, erst Mariluz, die ihr den Rücken zugewandt hatte, und dann mich, sie sah mir in die Augen, ich weiß nicht, ob mit neugierigem oder mitleidigem oder spöttischem Gesichtsausdruck, als würde sie den Körper meiner Frau mit ihrem eigenen vergleichen, obwohl wir einander eigentlich gar nicht gut sehen konnten, weil es nicht sehr hell im Zimmer war. Und es kam natürlich, wie es kommen musste. Mariluz machte anfangs hartnäckig weiter und gab sich alle Mühe, als könnte man es wieder hinbekommen, aber dann hielt sie inne, immer noch auf mir sitzend, wischte sich den Schweiß von der Stirn und fragte mich, ob etwas mit mir los sei, und schließlich sagte sie, es wäre nicht schlimm, ich sollte mich nicht aufregen, was man in solchen Fällen eben so sagt, obwohl, ich muss ehrlich sagen, das ist mir so gut wie nie passiert. Ach, was rede ich, das ist mir sonst nie passiert, nur dieses eine Mal ...»

«Und Carlota?», fragte ich mutig dazwischen. Abengoa fuhr fort, und wieder wirkte es, als wenn er sie, ihre Gegenwart in der Erzählung, vergessen hätte.

«Sie machte eine kleine Bewegung mit der Hand, als wollte sie sich verabschieden, und als ich eine Sekunde später zur Tür schaute, war sie nicht mehr da. Sie schien den Aufzug genommen zu haben, ich hörte, wie er sich heftig in Bewegung setzte, so heftig, dass sogar das Bett zitterte. Ich habe sie nie mehr wieder gesehen.»

«Hat sie das Hotel verlassen?»

«Wir haben das Hotel verlassen.» Abengoa schaute auf die Uhr und rieb sich die Hände wie jemand, der eine Aufgabe erledigt hat, dann schaute er auf zum Monitor, wo bereits seit einigen Minuten der Flug nach Miami aufgerufen wurde. Der Blizzard ließ nach, und sie würden bestimmt auch bald meinen Flug aufrufen. Es war eine seltsame Vorstellung, dass ich jetzt tatsächlich gleich nach Buenos Aires fliegen würde.

«An diesem Nachmittag mussten wir in ein besseres und moderneres Hotel umziehen, ich kann es dir nur empfehlen, es ist das El Libertador an der Ecke Córdoba und Maipú. Die Lasten des Berufes. Kurz nachdem Carlota gegangen war, klopfte es mehrfach an der Tür. Es war der Empfangschef, der Typ mit den weißen Haaren und der Brille, dem ich diese riesigen Hörner aufgesetzt hatte. Er war völlig außer sich, er schäumte vor Wut und sein Kinn zitterte. Aber er hatte Gott sei Dank nicht meine Affäre mit seiner Frau entdeckt, sondern dass ich für Worldwide Resorts arbeitete. Ohne auf Mariluz Rücksicht zu nehmen, schrie er mich an, ich sei ein Spion, und dass man mich wie alle Spione hochkant rausschmeißen würde, wir sollten sofort verschwinden, das Hotel sei nicht zu verkaufen, ob wir Scheißspanier uns einbilden würden, wir könnten das ganze Land kaufen. Ich kenne mich, Claudio, wenn Mariluz mich nicht zurückgehalten hätte, hätte ich ihm den Schädel eingeschlagen. Außerdem hat sie dann später in dem anderen Hotel meine schmutzige Wäsche mit den Lippenstiftflecken und dem Geruch von Geißblatt und Tabak gefunden. Wie ein Polizist ist sie in die Dusche gekommen, als ich völlig unvorbereitet war, sie hat die Bissspuren entdeckt, und den Rest erspare ich dir lieber. Es hat mich Wochen, nein Monate gekostet, bis sie mir endlich verziehen hat, und ich weiß immer noch nicht, ob sie mir wieder vertraut.»

Ich will nicht verhehlen, dass mich das übereilte Ende der Geschichte oder, besser gesagt, der achtlose Verzicht auf ein Ende enttäuschte. Verfügte Abengoa nicht über das, was Frank Kermode «the sense of an ending» genannt hat, oder neigte er etwa zum offenen Ende, wie es den Leuten jetzt in den writing workshops der Universitäten eingetrichtert wird? Eine halbe Stunde später wurde zum boarding für den Flug nach Miami aufgerufen. Weil ich noch viel Zeit hatte, begleitete ich Abengoa zu seinem gate, und es überraschte mich, dass ich etwas bekümmert war, als ich mich von ihm verabschiedete. Wenn man in Amerika lebt, fühlt man sich manchmal völlig überraschend schrecklich allein. Abengoa drückte mir lange die Hand und sagte im letzten Moment:

«Claudio, ich würde dir dieses Ticket nach Buenos Aires sofort abnehmen.»

IX

Nichts entschwindet so schnell aus der Erinnerung wie die ersten Etappen einer Reise. Ich kam in Buenos Aires an, und schon löste sich die ewige Wartezeit auf dem Flughafen von Pittsburgh in nichts auf. Ich vergaß den Blizzard und den strengen Winter in Pennsylvania wie einen schlechten Traum, als ich an all die Straßen und Plätze kam, deren Namen genügten, um Erinnerungen wachzurufen; ich hatte sie zwar noch nie gesehen, aber durch die Erzählungen und die Biographie von Borges waren sie mir vertraut und ans Herz gewachsen. Ich sah die Plaza Constitución und dachte mit demselben Kummer an den Tod von Beatriz Viterbo, als wenn diese Frau wirklich existiert hätte, als wäre sie mir und nicht dem anderen, dem homodiegetischen Erzähler dieser unvergleichlichen Erzählung *Der Aleph*, gestorben. Als ich auf die Calle México stieß, durchzuckte es mich bei dem Gedanken, dass dieser blinde alte Mann oft durch sie hindurch zur Biblioteca Nacional gegangen war, wo er von Büchern umgeben war, die er nicht mehr lesen konnte. Durch diese Stadt war Borges, in gelbe Schatten gehüllt, gegangen. Es erschien mir unvorstellbar, dass er schon acht Jahre tot war und dass ich nicht beim Einbiegen in eine Straße auf ihn treffen und sehen konnte, wie er sich mit zittriger Hand, uralt, ungekämmt und mit jenen seltsamen, reglosen Augen an den Hauswände entlangtastet und sich dabei Geschichten oder Verse ausdenkt oder sich an die Frauen erinnert, die ihn nie geliebt haben.

Ich bin es nicht gewohnt, nach einer Reise nicht abgeholt zu werden. Aber auf dem Flughafen Ezeiza in Buenos Aires wartete ja mein alter Freund Mario Said auf mich. Er kommt aus Tucumán, ist syrischer Abstammung, und nach langen Jahren im amerikanischen Universitätsleben – einschließlich ein paar nicht sehr glücklichen Semestern am Humbert College, wo wir eine für dieses widrige Klima ungewöhnlich warmherzige Freundschaft geschlossen hatten – ist er nach Argentinien zurückgekehrt. Jetzt lehrt er, nicht ohne Wehmut, an der Universität in Tucumán und beklagt sich immer noch über die Intrigen an den Spanish Departments. Er kann es nicht verwinden, dass man ihm verweigerte, was ich zu erreichen im Begriff bin, nämlich eine Stelle als full professor, eine Dauerstellung, wie ich es für Marcelo Abengoa übersetzt habe, als er mich mit lästiger Hartnäckigkeit nach meiner beruflichen Situation fragte. Auf dem Weg in die Stadt stimmte Mario wieder das alte Klagelied an, als würde die Zeit seine Wunden nicht heilen.

«Ach, Bruder, endlich habe ich diesen amerikanischen Intrigenzirkus hinter mir gelassen.» Mario Said hat sehr große feucht glänzende Augen, die so schwarz sind wie sein lockiges Haar, und der fleischige arabische Mund zieht sich nach unten wie in einem Ausdruck grüblerischer Seelenqual oder untröstlicher Sehnsucht. «Jetzt arbeite ich für einen Hungerlohn, aber ich muss nicht mehr die Hosen vor so einem Scheißkerl von Chairman runterlassen wie dem, den ich vor ewigen Zeiten in Lexington, Kentucky, hatte. Er heißt Morini, eine falsche Schlange, sag ich dir, ständig hat er mir Honig um den Bart geschmiert und mir die Dauerstellung versprochen, aber eines Tages hatte ich plötzlich den Eindruck, als wäre ich Luft für ihn, und auf einmal war ich für alle anderen auch Luft, und als sie sich zwecks meiner Bewertung zusammensetzten, haben sie mich mitleidlos zum Teufel gejagt ...»

«Morini?» Ich spürte eine Beklemmung in der Brust und wagte nicht, den Blick von der Straße abzuwenden. «Amadeo Morini, ziemlich groß, mit viel Haar, Schnauzbart und solariumgebräunt?»

«Genau der. Kennst du ihn?»

«Er ist mein Chairman.»

«Verflixt, das war's für dich!» Das Gesicht meines Freundes verzog sich zu einem schmerzlichen Lächeln. Ich nahm kaum noch etwas wahr von der flachen, sanft grünen Landschaft und den ersten Häusern der Außenbezirke von Buenos Aires, die gar nicht so anders aussahen als die in Pittsburgh, mit dem Unterschied allerdings, dass Pittsburgh nur aus Außenbezirken besteht. «Sobald du ihm den Rücken zuwendest, rammt er dir ein Messer hinein. Wenn ich dir einen Rat geben darf, sag ihm nicht, dass ich dein Freund bin, unter keinen Umständen.»

«Ich habe es ihm bereits gesagt.»

«Hast du ihm auch gesagt, dass du mich in Buenos Aires triffst?»

«Nun ja, er bat mich, dich zu grüßen, und hat mir einen Sonderdruck mit Widmung für dich mitgegeben …»

Aufmerksam auf den Verkehr achtend, schüttelte Mario Said voll biblischem Kummer das gelockte Haupt mit der Adlernase und beugte sich dabei über das Lenkrad wie ein Fahranfänger. Um nicht völlig die Fassung zu verlieren, versuchte ich das Gesprächsthema zu wechseln und fragte ihn, wie es ihm nach seiner Rückkehr ginge, was seine Tochter machte, die ich als stilles und ernstes Mädchen kennen gelernt hatte. Sie hatte genauso dunkle Haut und Haare wie ihr Vater, und die beiden lebten nach einer sehr komplizierten Scheidung eine Zeit lang allein in einem kleinen Apartment in Humbert Heights. In der Welt der Erwachsenen war sie mir immer traurig, voll innerem Zorn und einsam vorgekommen.

«Mandy ist jetzt schon dreizehn, sie will nicht mehr, dass man sie Morochita nennt.» Mario Saids Gesicht hellte sich zu einem

Lächeln auf, über das aber sofort wieder der Schleier des traurigen Blicks unter den halb geöffneten Lidern fiel. «Du würdest sie nicht wiedererkennen, wenn du sie auf der Straße treffen würdest. Wenn die Leute uns Arm in Arm sehen, denken sie, ich habe mir eine Lolita angelacht. Weißt du, was das Schlimme ist? Sie will, dass wir in die Vereinigten Staaten zurückkehren. In Tucumán tut sie nichts anderes, als sich im Fernsehen CNN, Cartoon Network und die Filme auf TNT anzuschauen. Es bleibt einem auch nichts erspart. Als ich klein war, nannten mich die anderen Kinder auf der Straße in Tucumán ‹den Türken›. Als die Diktatur kam, bin ich nach Spanien geflohen, und dort war ich für die Leute, solange sie mich nicht sprechen hörten, ‹der Maure›. Dann emigrierte ich in die Vereinigten Staaten, und als meine Tochter geboren wurde, war sie für die anderen die ‹Indianerin›. Und weißt du, wie sie jetzt in der Schule genannt wird? Jetzt ist sie die ‹Gringa›. Du stammst wenigstens von einem einzigen Ort …»

Es herrschte in jenen Tagen mildes Herbstwetter mit langen sonnigen Nachmittagen, an denen ich mehr als einmal und entgegen meiner Gewohnheit meine akademischen Pflichten schleifen ließ, um einfach so stundenlang durch die Straßen zu gehen; ich genoss das verloren geglaubte Gefühl, mich einfach nur treiben zu lassen und neugierig Schaufenster, Parks, Gebäude, Buchläden und Frauen zu betrachten. An jenem Abend führte mich Mario Said zum Essen in ein riesiges, gut besuchtes italienisches Restaurant namens *Los teatros de Buenos Aires* aus, wo man wie elektrisiert das pulsierende Leben spüren konnte, das einen an New York so erstaunt, vor allem wenn man aus der stillen Lethargie von Humbert, Pennsylvania, kommt. Wir betranken uns, ohne es zu merken, denn die seltene Freude der Gegenwart des Freundes hatte uns in Hochstimmung versetzt, und wir spazierten plaudernd bis spät in die Nacht durch hell erleuchtete Straßen voller Leute, Cafés und angestrahlten Theaterplakaten. Dass ich in dieser riesigen Stadt keinerlei Orientierung hatte, empfand ich fast als Befreiung. Mein Freund führte mich, er zeigte mir Plätze, die ich sofort wieder vergaß, er begleitete mich im Taxi bis zu meinem Hotel, und als wir dort ankamen, hatten wir immer noch Lust, weiter zu reden und zu trinken, und so tranken wir noch ein paar Gin tonics an der Bar, und alles war bereits ein wenig verschwommen: die Hotelbar, Buenos Aires, das Gesicht von Mario Said, die Erinnerung an das Humbert College und die unsicheren Perspektiven meiner akademischen Laufbahn.

Mario Said fuhr am Morgen nach meiner Ankunft nach Tucumán zurück. Wir verabschiedeten uns mit einem Mordskater und einer in Gedanken bereits vorweggenommenen Sehnsucht nach den gemeinsamen Gesprächen, Spaziergängen und Drinks, und wir versprachen uns, alles bald zu wiederholen, entweder in Buenos Aires oder in Madrid, das Mario so mochte und von dem er immer noch glaubte, dass er dort hätte bleiben sollen. Er sagte mir immer wieder, dass in den Jahren des Exils Madrid die Sehnsucht nach Argentinien gemildert habe und dass er, wenn er durch die Viertel Lavapiés oder La Latina schlenderte, vor allem nachts das Gefühl hatte, er befände sich in San Telmo. Wir verabschiedeten uns mit einer von alter Freundschaft zeugenden langen und festen Umarmung, die so langsam vonstatten ging wie alle Gesten von Mario Said. Er sprach, aß und trank immer ganz gemächlich und wirkte dabei verzückt und abwesend zugleich; er brach das Brot mit seinen kräftigen braunen Händen so rituell, wie es wohl seine Vorfahren, die Händler oder Beduinen, getan haben. Er hatte das Auto schon angelassen, blieb aber noch einen Moment stehen und streckte den Kopf aus dem Fenster, als hätte er etwas vergessen.

«Und du, hast du nicht vor, nach Spanien zurückzukehren?»

Ich zuckte die Achseln, sagte nichts und winkte ihm zum Abschied, bis er an der nächsten Kreuzung verschwand.

An jenem Morgen wollte ich eigentlich zu dem Kongress gehen, aber ich war einfach zu träge und fing an, ziellos herumzulaufen. Ich sagte mir, dass ich mich nach dem lunch break einfinden würde, gerade noch rechtzeitig, um den Vortrag eines Professor Shelter oder Seltzer zu hören, der, glaube ich, am Brooklyn College lehrt. Er würde über den Einfluss von Borges auf den neuen spanischen Roman sprechen, was nicht unbedingt mein Gebiet ist, wofür ich mich aber vielleicht allmählich interessieren sollte.

Wie ich so untätig durch Buenos Aires schlenderte, gab ich dem schon in weite Ferne gerückten Abengoa Recht, der vor wenigen Stunden noch direkt vor mir gesessen hatte und den ich mit Sicherheit nicht wieder sehen würde: Sein fachkundiges Auge, wie er es selbst genannt hätte, erwies sich als sehr genau. Es gefiel mir, diese schönen und energischen Frauen auf ihren Absätzen durch die Stadt stolzieren oder sie in den exklusiven Geschäften im Viertel La Recoleta ein- und ausgehen zu sehen, die zu meiner Überraschung nicht weniger spektakulär waren als die in der Madison Avenue.

Ich fühlte mich seltsam, wie berauscht. Ich tat Dinge, die ich sonst nie tue. Als ich um die Mittagszeit durch die Calle Córdoba ging, sah ich ein Restaurant, das in der Tür eine prächtige, gesund aussehende ausgestopfte Kuh stehen hatte, die diesen Gesichtsausdruck buddhistischer Glückseligkeit der Kühe auf dem Land hatte. Hinter dem Schaufenster sah man einen Rost über einem Feuer aus Holzkohle, die wie die Edelsteine eines Schatzes glänzte, und darüber brutzelten rote glänzende Fleischstücke, ganze Viertel wie bei einem homerischen Festmahl. Aus dem Innern des Lokals kam ein unvergleichlicher Duft von gegrilltem Fleisch und verbranntem Fett, der kräftige

Rauch der Völlerei, von Unmengen an Cholesterin, der in mir Gelüste weckte, welche ich schon vor langer Zeit begraben hatte, noch bevor ich die strengen (und, warum sollte man es verschweigen, auch geschmacklosen) amerikanischen Ernährungsgewohnheiten übernahm. Ich schaute auf die Preisliste, und obwohl die Preise nicht sehr hoch waren, überschritten sie doch bei weitem mein knapp bemessenes Spesenkonto (in dieser Hinsicht konnte Morini übertrieben tightfisted sein).

Ich war schon im Begriff zu gehen, wenn auch nicht ohne Bedauern, indem ich mir einredete, dass eine der ungesündesten Essgewohnheiten in Spanien die üppigen Mittagsmahlzeiten sind, aber meine Füße wollten mir nicht gehorchen. Während ich mir befahl, den Spaziergang fortzusetzen und an einem Straßenstand im Vorbeigehen schnell ein Sandwich zu kaufen, betrat ein anderer Teil von mir, der von dem Fleischgeruch magisch angezogen war, entschlossen das riesige und äußerst belebte Restaurant und ließ sich von einem beflissenen, italienisch anmutenden Kellner zu einem Tisch geleiten. Er reichte mir eine aufgeklappte Speisekarte, die in echtes Kuhfell eingefasst war, so hell und weich wie das der ausgestopften Kuh im Schaufenster. Ich weiß, dass das rote Fleisch viel Cholesterin und andere schädliche Substanzen enthält, und ich trinke normalerweise auch keinen Wein mehr zum Mittagessen, aber an jenem Tag bestellte ich mir einfach eines von diesen *bife de chorizo* genannten Steaks (für einen Spanier ein wenig irreführend, weil er dabei an seine Chorizo-Wurst denkt) und eine Karaffe köstlichen, herben italienischen Wein, der, sobald mein Glas halb leer war, von dem aufmerksamen Kellner immer wieder nachgeschenkt wurde. Am Ende empfand ich für ihn eine überschäumende Sympathie, eine an Rührung grenzende Dankbarkeit. Er hatte nicht diese vorschnelle Liebenswürdigkeit der waiters in Amerika, die einem mit ihrer übertriebenen, sportlich dynamischen Fürsorge auf die Nerven gehen, indem sie unaufgefordert die Gläser mit Eiswasser füllen, nachfragen, ob alles okay ist, und dabei woandershin schauen oder einen ständig mit der Frage belästigen, ob man noch ein Bier bestellen will und einen quasi drängen, noch mehr zu bestellen. Der Kellner in Buenos Aires bedrängte mich nicht, aber er war immer aufmerksam und ersparte mir das peinliche Gefühl, wenn man allein im Restaurant isst und die Hand hebt, um noch etwas zu bestellen, und niemand darauf reagiert. Als er sah, dass ich das unvergessliche Steak gegessen hatte, animierte er mich, zum Nachtisch den hausgemachten Flan zu probieren; er war zwar sehr mächtig und mein Magen, der an solche Festmahle nicht gewöhnt ist, ohnehin längst voll, aber ich habe ihn trotzdem ganz aufgegessen. Es gäbe nichts Besseres als einen Kaffee und einen Digestif zum Abschluss, riet er mir. Er ließ mich die Plörre, die in Amerika coffee heißt, vergessen, indem er mir einen tief schwarzen, aromatischen Kaffee servierte, und der Digestif, den er mir brachte, war nicht etwa ein Pfefferminztee oder etwas Ähnliches, wie ich vermutet hatte, sondern ein kleines Glas sizilianischer Grappa, der, wie er sagte, in dem Dorf seiner Vorfahren destilliert wurde. Als ich ihn probierte, erinnerte ich mich, dass Abengoa sein erstes Abendessen in Buenos Aires auch mit einem Grappa abgeschlossen hatte.

Mit Tränen der Dankbarkeit und Verdauungstränen wie bei den Krokodilen in den Augen verabschiedete ich mich von dem Kellner, drückte ihm die Hand und versprach, ich würde bestimmt wiederkommen, und wenn ich nach Sizilien käme, würde ich auch das Dorf besuchen, dessen Namen er mir gesagt hatte und der auch auf der Flasche stand, den ich aber schon wieder vergessen hatte. Wenn ich mich recht erinnere, gab ich ihm ein fürstliches Trinkgeld und bemühte mich dann, möglichst geradlinig und ohne zu stolpern zwischen den Tischen entlang den Saal zu durchqueren und auf den Ausgang zuzusteuern.

Eigentlich hatte ich am Nachmittag am Symposium teilnehmen wollen, denn als glanzvoller Höhepunkt sollte dort die keynote speech von niemand Geringerem als der berühmten Ann Gadea Simpson Mariátegui aus Palo Alto, Kalifornien, gehalten werden, die die Namen ihrer Exmänner zur Schau trägt wie die wilden Krieger ihre Trophäen und die nicht ohne Grund als Terminator des New Lesbian Criticism bezeichnet wird. Ihr letztes Buch, das Morini mir mit der dringenden Empfehlung in die Hand drückte, es zu lesen («damit du weißt, wo es langgeht, wie man bei euch im Mutterland so gerne sagt»), es hieß *(Under)writing the female body: Sor Juana Inés de la Cruz/Frida Kahlo/Madonna* und genoss in den Spanish Departments ein Ansehen, das (in meinen Augen) ein wenig overrated, aber unantastbar war. Auf einmal war es auf allen Partys und bei den Mittagessen im Faculty Club das Buch, das jeder gelesen hatte, und ich musste irgendwie überspielen, dass ich seinen Inhalt nicht kannte.

Ich war so müde, dass ich mich in ein Taxi fallen ließ und auf dem Weg zum Hotel fast eingeschlafen wäre. Ich legte mich aufs Bett und dachte, ich hätte noch genügend Zeit für ein catnap von zwanzig Minuten oder einer halben Stunde, bevor ich zu dem Vortrag von Simpson Mariátegui ging, der, dem Programmheft zufolge, wie nicht anders zu erwarten, den Titel *From Aleph to Anus: Faces (and feces) in Borges. An Attempt at Postcolonial Anal/ysis* trug. Ich spürte, wie ich genüsslich in den Schlaf glitt, voll von gutem Essen, Rotwein, Kaffee und Grappa, und ich befand mich in einem derartigen Zustand körperlicher Glückseligkeit, dass ich unweigerlich an die blühende Gesichtsfarbe und den strammen Bauch meines abwesenden Freundes Marcelo Abengoa denken musste, ich erinnerte mich oder träumte, dass er mir etwas erzählte, auch wenn ich seine Worte nicht verstehen konnte, ich hatte zu viel getrunken und gegessen …

Ich wachte nicht mehr rechtzeitig auf, um zu dem Symposium zu gehen, aber als ich mich am anderen Morgen endlich dort einfand, wich die freudige Erwartung, die für mich mit der Einladung verbunden gewesen war, dem unangenehmen, fast ärgerlichen Gefühl, ich hätte dort nichts verloren und nichts gemein mit dem größten Teil der Leute, denen ich dort begegnete, obwohl ich mich äußerlich kaum, nur durch meinen Namen auf dem Plastikbadge, von ihnen unterschied. Mit den meisten Sachen, die ich dort hörte, konnte ich nichts anfangen, obwohl ich die spanischen und auch englischen Worte sehr wohl verstand. Ich hatte an so vielen Kongressen und Seminaren teilgenommen, und doch fiel mir diesmal etwas Eigenartiges auf: Obwohl alle Teilnehmer in unterschiedlichen Sprachen zu Hause waren und aus verschiedenen Kontinenten kamen, machten wir während unserer Vorträge alle dieselbe Geste, und sogar noch danach, wenn wir uns auf dem Flur oder beim Essen unterhielten. Immer wenn wir etwas zitierten, wenn wir etwas in Anführungszeichen setzen wollten, um es zu relativieren, hoben wir die Arme neben den Körper und malten mit dem Zeige- und dem Mittelfinger das Anführungszeichen in die Luft, als würden die Fingerspitzen kurz in die Leere kratzen oder darin herumflattern.

Außerdem sollte ich mein paper über Narrativität und Intertextualität in dem Sonett *Blind Pew* nicht wie vereinbart in der Hauptsektion lesen. Wegen eines Irrtums oder eines Missverständnisses, das man wohl dem (typisch lateinamerikanischen) Mangel an Seriosität der Organisatoren zuschreiben muss, war mein Vortrag in einen Nebenhörsaal verlegt worden und noch dazu zu einer unmöglichen Zeit, um acht Uhr dreißig am letzten Tag. Mein Name hatte gerade mal vier Zuhörer angezogen, aber als ich mich an das Pult stellte und meine Brille aufsetzte, um mit dem Vortrag zu beginnen, bemerkte ich, dass eine fünfte Person den Raum betreten hatte. Das erste Höflichkeitshüsteln blieb mir im Halse stecken, denn die Person, die eben den Raum betreten hatte, war zu meiner Überraschung und meinem Unglück Ann Gadea Simpson Mariátegui; ich hatte sie bis zu diesem verhängnisvollen Tag noch nie in the flesh gesehen, aber ich kannte sie von Fotos. Wie war es möglich, dass sie, die Diva der Conference, die Mühe auf sich genommen hatte, so früh aufzustehen und sich den Vortrag eines Nobody anzuhören? Vielleicht bin ich zu schwerfällig oder zu träge, um Verdacht zu schöpfen, aber in jenem Moment ging ich der Frage nicht weiter nach.

Ich fing an zu lesen, ich war sehr nervös und hatte einen trockenen Mund, aber ich traute mich nicht, das Glas in die Hand zu nehmen und es an die Lippen zu führen, denn ich fürchtete, dass man mein Zittern bemerken und ich das Wasser verschütten würde. Ann Gadea Simpson Mariátegui anzusehen wagte ich nicht, ich suchte nur hin und wieder Blickkontakt mit einem jungen Mädchen in der ersten Reihe; sie war hässlich, trug eine große Brille, hatte glanzloses strohblondes Haar und ein blasses Gesicht mit Wangen voller Akne. Ich sah, wie sie zustimmend nickte und sich Notizen machte, und begann ihr gegenüber eine seltsame Mischung aus Mitleid und Dankbarkeit zu empfinden. Nach einer Ewigkeit war ich am Ende meines Vortrags angelangt, ich setzte aus Angst ein verkrampftes, dümmliches Lächeln auf, nahm die Brille ab und bedankte mich für ein oder zwei dürftige Klatscher, die der schüchternen Zuneigung der jungen Dame aus der ersten Reihe entsprangen.

Anfangs dachte ich noch, ich käme heil davon. Aber das Schweigen von Simpson Mariátegui war nur der reglose Moment, in dem das Raubtier seine Muskeln spannt, bevor es sich auf die wehrlose Beute stürzt.

Sie hob die Hand, stand auf und biss dabei auf der Spitze eines Kugelschreibers herum, die sie später mehr oder weniger wie eine Pistole auf mich richtete. Sie stampfte mich in Grund und Boden. Sie demütigte mich. Sie machte mich vollkommen lächerlich. Sie sprach mir das Recht ab, als Nicht-Lateinamerikaner über Borges zu sprechen. Sie beschuldigte mich, die Legende von Borges als elitärem europäischem Schriftsteller zu nähren, der von den indianischen Kulturen nichts wissen wollte. Sich mit der größten Unbefangenheit selbst zitierend, erinnerte sie mich an ihre berühmte Gleichung Europe = Eu / rape. Und das Mädchen mit den Pickeln, meine leidenschaftliche Zuhörerin, senkte den Kopf, als ich in ihren Augen ein wenig Hilfe suchte; entweder tat ich ihr so Leid, dass sie mir nicht länger in die Augen schauen konnte, oder sie wollte vor dem zornigen Terminator jede Spur von Sympathie mir gegenüber verbergen.

Simpson Mariátegui hatte die Hände in die Seiten gestemmt und fragte, wie lange die europäische, heterosexuelle und männliche Faszination für die Mythen der kolonialen Ausbeutung noch toleriert werden müsse. Das und nichts anderes war ihrer Ansicht nach die *Schatzinsel*, deren eine Romanfigur, der blinde Bettler namens Pew, im Mittelpunkt des Gedichtes von Borges steht, das ich zu analysieren versucht hatte. Ich habe mir dieses Gedicht oft auswendig vorgesagt, und es berührt mich immer noch auf geheimnisvolle Weise tief in meinem Innern, es ist mir selbst in den elendigsten Momenten der Einsamkeit oder des Unglücks ein treuer Begleiter:

Fern vom Meer und vom schönen Krieg, denn so
lobt Liebe das, was sie verloren hat,
zog kreuz und quer der blinde Bukanier
auf Englands erdigen Wegen dahin …

X

Ein oder zwei Tage später kam ich an einem kühlen Morgen, Regen lag in der Luft, auf meinem Spaziergang zufällig an einen Platz, der sich als Plaza de Mayo entpuppte, und als ich um die Ecke bog, sah ich das riesige senkrechte Schild des Town Hall Hotel. Während ich still vor mich hinschlenderte, hatte ich, wie so oft, Verse von Borges vor mich hingemurmelt, erst das *Spinoza* gewidmete Gedicht *(Der Jude mit den durchscheinenden Händen / Im fahlen Halblicht schleift er die Kristalle …)* und dann den *Golem*, den ich trotz der Länge auswendig kann, und zum Schluss noch einmal mein geliebtes *Blind Pew*, das Sonett, für das ich eigens nach Buenos Aires gekommen war und wegen dem Ann Gadea Simpson Mariátegui voller Zorn ihren Bannfluch gegen mich geschleudert hatte.

Er wusste, dass an fernen Goldgestaden
ein verborgener Schatz sein eigen war,
und das linderte sein widriges Los …

Wenn ich an die Demütigung dachte, die mir von dieser Frau, die ich noch nie in meinem Leben gesehen und der ich nichts getan hatte, zugefügt worden war (meinen Vortrag hatte kaum einer gehört, aber Ann Gadeas Ausbrüche waren das Tagesgespräch des Symposiums), wenn ich an die Art dachte, wie sie mich angesehen, mit dem Kuli gegen ihr notebook geschlagen und wie ihre baumelnde Brillenkette dabei wie eine rattlesnake geklappert hatte, fühlte ich immer noch dieses Brennen im Gesicht und auf dem ganzen Kopf, als würde ich feuerrot anlaufen, und ich fing an, mich mitten im Zentrum von Buenos Aires zu kratzen. Dabei murmelte ich Worte vor mich hin, die, wenn sie jemand gehört hätte, garantiert meinen sofortigen Rausschmiss aus dem Humbert College zur Folge gehabt hätten.

Sie hatte Borges als dead white male trash bezeichnet, und mich hatte sie wegen meiner unverzeihlichen spanischen Herkunft, die für die Kerker der Inquisition, den Völkermord an den indianischen Ureinwohnern und die sexuellen Übergriffe eines Hernando Cortez auf seine eingeborene Konkubine Malinche steht, mehr oder weniger der ererbten Komplizenschaft beschuldigt. Da ich aber nur durch die Straßen ging und mit mir selbst sprach, konnte ich genauso gut weiter Verse von Borges rezitieren.

… *auch deiner harrt an anderen Goldgestaden*
dein Schatz, der unverweslich ist …

Da stand ich auf einmal vor der Drehtür des Town Hall. Ohne Überlegung oder Absicht, ohne zu zögern, als würde ich von etwas geführt oder gezogen, stieß ich die Tür auf, und umgehend wurde ich von dem langsamen Strudel erfasst, fortgerissen, und befand mich in weniger als einer Sekunde in einer Welt, die nichts mit der zu tun hatte, die ich auf der Straße zurückgelassen hatte: ich stand in der Lobby eines Art-Déco-Hotels, einer verkleinerten, heruntergekommenen Version des Waldorf Astoria. An diesem Ort war nicht, wie es in den Romanen immer heißt, die Zeit stehen geblieben, sondern die Dinge; die Zeit war grausam über sie hinweggegangen und hatte sie ohne eine Spur von Noblesse altern lassen, und zwar weit mehr, als es der menschlichen Nachlässigkeit zuzuschreiben wäre, der Verfall hatte einen so gespenstischen Punkt erreicht, als handele es sich um Fossilien.

Auf dem Flughafen von Pittsburgh hatte ich mir diesen Ort durch Marcelo Abengoas Stimme vorgestellt. Jetzt erkannte ich ihn wieder, als wäre ich selbst schon dort gewesen, weil die Beschreibung außerordentlich genau gewesen war: die trägen Angestellten in der grauen Uniform mit hohen Knopfleisten bis zum Hals und der runden Kappe, der barocke dicht gewebte Teppich mit peinlichen kahlen Stellen, die Marmorsäulen, die hoch und massiv waren wie bei einem ägyptischen Tempel, der riesige Speisesaal mit dem Lüster in der Mitte, groß wie eine umgekehrte Baumkrone. (Was Buenos Aires und New York noch gemein haben sind die riesigen Innenräume, die der erbärmlichen europäischen Enge absolut fremd sind.)

Ich sah jedoch gleich, dass der Empfangschef nicht der Mann mit weißem Haar und Brille war, von dem Abengoa erzählt hatte. Er war nicht alt, aber auch nicht jung, er hatte kaum noch Haare auf dem Kopf, aber noch keine Glatze. Er notierte etwas in einem riesigen Fremdenbuch und schaute nicht einmal auf, als ich an ihm vorbeiging. Der Liftboy war mit Sicherheit der, den Abengoa kennen gelernt hatte. Er hatte glänzendes, zurückgekämmtes Haar, das ihm am Kopf klebte wie bei manchen Säufern, die sich ständig kämmen und sich nie die Haare waschen. Dazu hätte er noch einer Rasur und einer sauberen Uniform bedurft; er hatte sich nicht einmal die Mühe gemacht, die oberen Knöpfe der kurzen Jacke zuzuknöpfen, wie sie die Liftboys in den vierziger Jahren trugen.

Ich wunderte mich, dass mich niemand ansprach. Ich vermute, der bevorstehende endgültige Niedergang hatte sie alle in eine gleichgültige, lustlose Benommenheit versetzt. In den vier Jahren, die seit Abengoas Reise vergangen waren, schien alles weiterhin monoton und unbeirrbar verkommen zu sein, während die Stadt wieder aufblühte und sich von den schlimmsten Schäden der Krise und auch von der großen Angst vor den Militärs erholte, wie mir von Mario Said erklärt worden war, der selbst genügend Grund hatte, sie immer noch zu fürchten.

Ich betrat den Salon. Die Fenster zur Straße waren so hoch wie Kirchenfenster, aber die Vorhänge, die wie ein Bühnenvorhang aus der Oper wirkten, waren fast gänzlich zugezogen, und die morgendliche Helligkeit drang kaum herein; der Raum wurde lediglich von ein paar Lampen erhellt, die neben Ohrensesseln brannten, wie man sie aus englischen Clubs kennt. Sie waren ziemlich abgenutzt, aber den noblen Ledergeruch hatten sie immer noch. Auf den flachen Tischen lagen dicke Zeitungen mit konservativer Typographie in Holzhaltern: *La Nación* und die *Times*, genau wie Abengoa gesagt hatte. Ich stellte mir vor, wie sie in früheren Zeiten von vornehmen Patriziern gelesen wurden, Anhängern der britischen Sitten und der Militärputsche, des five o'clock tea und des elektrischen Schlagstocks, wie mein Freund Mario sich makaber ausdrückte, der sechsundsiebzig wie durch ein Wunder den geheimen Gefängnissen entkommen war, die sie mit gräulicher Präzision *Chupaderos*, Absaugrohre, nannten; er brauchte fünfzehn Jahre, bis er zurückkehren konnte. «Pech für mich», sagte er am Humbert College zu mir, wenn der Kummer an ihm nagte, «die Patrioten haben dafür gesorgt, dass ich kein Vaterland mehr habe».

Ohne dass ich es gemerkt hätte, war ich an diesem Morgen in eine fast schwermütige Stimmung verfallen. Ich fühlte mich einsam an diesem äußersten Ende der Welt, in dieser Stadt mit zehn Millionen Einwohnern, von denen ich keinen einzigen kannte. Die Füße taten mir weh, ich hatte eine schlimme Nacht hinter mir, weil ich auf Reisen und in fremden Hotelbetten nicht so leicht Schlaf finde. Immer noch spürte ich die klaffende Wunde, die diese Frau meiner Würde zugefügt hatte, und ich suchte nach den Adjektiven, die der unbarmherzige Abengoa für sie ausgewählt hätte. Und ich hatte mich nicht verteidigt, ich hatte nichts gesagt, nicht ein Wort, ich war stammelnd hinter dem Pult stehen geblieben und hatte zugesehen, wie sie mit dem Stolz eines Matadors (oder einer Matadora) mit vorgeschobenen Hüften aus dem Hörsaal schritt und aus den Augenwinkeln auf die vier feigen oder geistesabwesenden Zuhörer auf den Sperrsitzen blickte, die sich später darum kümmern würden, meine Blamage an die Öffentlichkeit zu bringen.

Unvermutet überfiel mich im Town Hall Hotel der dringende Wunsch, die Luft meines Heimatlandes zu atmen, in dem Lokal, an das Abengoa mich erinnert hatte, im Santa Bárbara in Madrid, eine Portion Garnelen oder Herzmuscheln zu essen und ein Bier mit weißem, dichtem Schaum dazu zu trinken. Ich war auf peinliche Weise gerührt, als ich mir eine seiner Plattitüden ins Gedächtnis rief: «Spanien lässt einen nicht los.» Um Kräfte zu sammeln, bevor ich mich aufs Neue draußen dem Wetter aussetzte, ging ich zur Theke am Ende des Salons. Es dauerte, bis ein Kellner kam und seine rote Jacke zuknöpfte, die wie ein Bühnenkostüm nach altem Schweiß roch. Das Personal war offenbar tatsächlich rigoros heruntergefahren worden, denn der Liftboy bediente auch die Bar.

Ich wollte eine Diet Pepsi bestellen, aber ich hatte wieder einen dieser seltsamen Anfälle, die mich in Buenos Aires überkamen, und orderte stattdessen einen double scotch, ausgerechnet ich, der ich kaum trinke, und dann bestellte ich ihn auch noch straight, ohne Wasser oder Eis. In den Vereinigten Staaten habe ich mich daran gewöhnt, das Getränk direkt zu bezahlen, wenn es serviert wird. Aber der Kellner wollte den Geldschein nicht. Und ich brauche wohl auch nicht zu erwähnen, dass die Menge an Whisky wesentlich großzügiger war als in Amerika, wo er so sparsam über das Eis gegossen wird, als handele es sich um ein seltenes pharmazeutisches Produkt.

«Der geht aufs Haus», sagte er. «Sie haben Glück gehabt.

Wenn sie morgen gekommen wären, hätten sie unser Haus geschlossen vorgefunden.»

«Wird das Hotel saniert?» Womöglich hatten Abengoa und Worldwide Resorts ihr Ziel doch erreicht.

«Das hätten wir uns alle gewünscht.» Der Kellner hatte sich mit einer Unbefangenheit, die ich strange fand, einen noch großzügiger bemessenen Whisky eingeschenkt und steckte sich eine Zigarette an. «Es wird geschlossen. Abgerissen. Haben Sie das eiserne Schild an der Fassade nicht gesehen? Sie haben wohl nicht darauf geachtet. Am Ende hat der Chef aufgegeben. Die Banken haben ihn aufgefressen. Er konnte nicht mehr, sein Herz hat nicht mehr mitgemacht. Vor drei Tagen haben wir ihn beerdigt, im Grab seiner Eltern, auf dem Friedhof La Chacarita. Was für ein Scherz, mit dem ganzen Land geht es aufwärts, es kommt langsam aus der Krise, und mit uns ging es immer mehr den Bach runter, wie man so sagt. Ausgerechnet mit dem Town Hall, einem der Wahrzeichen von Buenos Aires.»

Der Kellner trank den Whisky in einem Zug aus und schenkte sich noch einen ein. Die Zigarette behielt er dabei im Mund, und so verteilte sich die Asche auf der Theke, dem Revers der Jacke. Er kniff die Augen zusammen, weil ihn der Rauch störte, und machte insgesamt einen nachlässigen, verlotterten Eindruck. Neben der Bar war der große Bogen, durch den man in den Speisesaal gelangte. Ich dachte daran, dass es diesen Ort bald nicht mehr geben würde, und ging mit dem Glas in der Hand in diesen Raum, der geräumig und dunkel war wie eine leere Kathedrale. Er wirkte wie einer dieses luxuriösen Speisesäle, die man auf Fotos von alten Ozeandampfern sieht. Alle Tische hatten weiße Tischdecken und waren eingedeckt wie für ein bevorstehendes großes Mittagessen, aber das fehlende Licht – er wurde nur ein wenig von der spärlichen Beleuchtung des Salons erhellt – verlieh dem Raum etwas Höhlenartiges und Verlassenes.

Aber auch hier war ich nicht ganz allein. Als meine Augen sich an das Halbdunkel gewöhnt hatten, sah ich ganz hinten eine Frau am Tisch sitzen. Das ließ den Raum nicht belebter wirken und linderte auch nicht seine Trostlosigkeit, sondern verstärkte sie noch, wie eine winzige Figur am Fuße einer Säule in einem verfallenen Tempel. Auf dem Tisch, auf den die Frau ihre Ellbogen gestützt hatte, als warte sie, dass ein Kellner käme, stand eine Lampe, einer von diesen Leuchtern mit Kunststoffkerze und Flamme aus Glas. Die Frau war blond, und ich schätzte sie im Näherkommen auf ungefähr vierzig. Sie hatte eine wilde, gelockte Mähne, einen rot geschminkten Mund und trug eine Jacke mit Schulterpolstern, deren Ausschnitt die sehr weiße Haut des Halses erkennen ließ. Es schien, als wollte sie meine Aufmerksamkeit erregen, vielleicht verwechselte sie mich von weitem mit dem Kellner, der nicht kam. Sie hatte eine Zigarette in der Hand, und sicher würde sie mich um Feuer bitten.

Ich hatte sie nie zuvor gesehen, aber ich erkannte sie sofort. Diese direkte Art, mir in die Augen zu schauen, während sie auf die Zigarette wies, war eine eindeutige Aufforderung, die ich noch im Blick keiner Frau gesehen hatte, so wenig ich auch je diesen starken Geißblattduft gerochen hatte.

Ich ging zwischen den Tischen auf sie zu, ohne zu wissen, was ich machen oder sagen würde. Ich bekam kaum Luft und musste tief einatmen. «Carlota», sagte ich, aber meine Stimme blieb so gedämpft wie vorhin, als ich durch die Straßen ging und mir Verse von Borges vorsprach, «Carlota Fainberg.» Aber eine andere, weit kräftigere Stimme überlagerte meine, löschte sie aus und zerstörte den Augenblick, in dem ich auf Carlota Fainberg zuging, als würde ein Glasfläschchen auf den Boden geworfen.

«Señor, he, Señor, kommen Sie zurück, wo wollen Sie hin, da darf niemand hinein.»

Ich drehte mich um, und der Kellner machte vom Eingangsbogen aus eine drängende Geste. Wenn mir jemand mit entschiedener Autorität gegenübertritt, bin ich lammfromm. Verwirrt sah ich wieder zu dem Tisch hinüber, an dem ich Carlota Fainberg gesehen hatte, aber sie war nicht mehr da, auch wenn das Licht noch brannte, als hätte die raue Stimme des Kellners sie verscheucht.

Ich kam in die Bar zurück und bemerkte nun etwas, das mir absurderweise zuvor gar nicht aufgefallen war: Der als Kellner fungierende Liftboy war blind drunk, seine Fahne schlug mir schon von weitem entgegen, und als er versuchte, sich mit dem Ellbogen auf die Theke zu stützen, verlor er das Gleichgewicht und wäre beinahe mit dem Kopf darauf gekracht. Seine Augen waren blutunterlaufen, und er kratzte sich ungeniert am Kragen des schmuddeligen Jacketts und am unrasierten Kinn. Er hatte sich noch einen Scotch eingegossen und kaute auf dem Zigarettenfilter herum. Mit einem unangenehmen Ausdruck von Kameraderie schwenkte er die Flasche und wies auf mein Glas. Es fehlte ihm noch ein Zahn mehr seit damals, als Abengoa hier gewesen war. Ich schielte zu dem Tisch, an dem Carlota Fainberg gesessen hatte, dem einzigen im Speisesaal, der beleuchtet war. Es kam mir so vor, als würde in der Luft noch der Rauch ihrer Zigarette hängen, die im Aschenbecher zurückgeblieben war. Aber das konnte nicht sein, ich hatte sie mit einer nicht brennenden Zigarette in der Hand gesehen, um Feuer bittend mit einer Geste, die wohl bald verloren gehen wird, wenn es diese attraktiven Frauen nicht mehr gibt, die rauchen und fremde Männer um Feuer bitten. Ich hätte sie gerne gesucht, aber ich brachte es nicht über mich. Ich gehöre zu den kleinmütigen Männern, die sich ihr Leben lang von Dienstboten und Personal einschüchtern lassen. Ein Staubsauger begann zu lärmen, und eine bucklige, sehr alte Frau fuhr damit zwischen den Sesseln im Salon herum.

«Entschuldigen Sie, dass ich vorhin so gerufen habe» – die Stimme des Kellners klang nicht im Geringsten entschuldigend –, «aber die Geschäftsräume des Hotels sind bis auf den Servicebereich durch Gerichtsbeschluss versiegelt. Sie werden alles mitnehmen, die Möbel, die Teppiche, alle Erinnerungsstücke von unserem Chef und von Señora Carlota.»

«Von wem?», fragte ich, als hätte ich den Namen nicht verstanden, der mich zusammenzucken ließ.

«Señora Carlota, die Frau unseres Chefs, Señor Isaac Fainberg. Sie nannten ihn den Hotelkönig von Buenos Aires …»

«Ich glaube, ich habe ihn vor ein paar Jahren einmal kennen gelernt», improvisierte ich mit einem leichten Herzklopfen wegen der Schwindelei und der Neugier, die allmählich zu Angst wurde. «Können Sie mir sagen, wie er aussah?»

«Warum nicht, offensichtlich waren Sie von seiner Person beeindruckt. Er war groß, hatte weißes Haar und trug eine Brille, die ihn ernst aussehen ließ. Als die Zeiten schlechter wurden, war sich Señor Fainberg nicht zu fein, den Chefanzug abzulegen und die Uniform des Empfangschefs anzuziehen. Würden Sie mir glauben, wenn ich Ihnen sage, dass außer uns nur wenige Leute wussten, dass ihm das Hotel gehörte? Ich sah ihn oft an und dachte, der trauert jetzt schon zwanzig Jahre. Denn so lange schon ging hier alles bergab, das Town Hall war nicht einmal mehr ein Schatten seiner selbst. Aber wenn Sie so ein betroffenes Gesicht machen, erzähle ich lieber nicht weiter. Nehmen Sie noch einen Schluck, otra copita, wie man bei Ihnen in Spanien sagt? Ein schönes Land. Meine Eltern kamen dorther, mein Vater aus La Rioja und meine Mutter aus Lugo, da kann ich mir doch was darauf einbilden, oder?»

Er füllte unsere Gläser so hoch, dass sie bei dem unerklärten Toast (Auf La Rioja? Auf Lugo? Auf Spanien? Auf die good old times des Town Hall Hotel?) ein wenig überschwappten.

«Ich vermute, die Witwe, Señora Carlota, wird sich um alles kümmern», sagte ich. Er sah mich erst verwirrt und dann spöttisch an und schnalzte mit den vom Alkohol glänzenden Lippen.

«Aber von welcher Witwe sprechen Sie? Der Chef war doch Witwer, Señora Carlota ist vor ihm gestorben. Es kam mir schon komisch vor, als Sie behaupteten, ihn gekannt zu haben.»

«Das ist wohl noch nicht so lange her …»

«Habe ich Ihnen nicht eben gesagt, dass es nach meiner Berechnung zwanzig Jahre her sein muss?»

Ich dachte, dass Abengoa mich belogen hatte, und fühlte mich hereingelegt, aber mir war völlig schleierhaft, warum er sich diese unnötige Geschichte ausgedacht hatte und wie er an die Fakten gelangt war. Die blonde Frau am Tisch mit der Zigarette in der Hand, die mich aufforderte, näher zu kommen, schien nun meiner Phantasie entsprungen, es war eine Situation wie aus diesen Filmen, die auch Abengoas Flunkereien speisten. Der Kellner sprach weiter, aber ich war so versunken in meine Grübeleien, dass ich ihm nicht zuhörte.

«… Das hat den Chef und kurz darauf das Hotel kaputt gemacht. Es kam in allen Zeitungen, direkt auf der ersten Seite. Bevor sie den Chef geheiratet und ihre Schauspielkarriere aufgegeben hat, war Señora Carlota einer der schillerndsten Stars der Calle Corrientes, ich weiß nicht, ob Ihnen das etwas sagt, das ist der Broadway von Buenos Aires. Ich erinnere mich noch, dass ich als Kind ihr hell erleuchtetes Gesicht in den Schaukästen der Theater gesehen habe. Aber dann verliebte sie sich in den Chef und gab alles auf, amour fou auf ersten Blick. Ist das nicht eine schöne Liebesgeschichte?»

Ganz in Gedanken versunken hatte ich mein Glas geleert. Der verbliebene Teil an Vernunft und Vorsicht in mir warnte mich entsetzt, dass ich schon vor dem Lunch betrunken war. Gemeinerweise schenkte der Kellner mir noch Alkohol nach, und ich wehrte mich nicht. Das Geräusch des Staubsaugers war jetzt wesentlich näher, direkt hinter mir. Plötzlich hörte es auf und ich drehte mich um. Das Zimmermädchen blickte mich fragend, fast frech an, sie kam mit blinzelnden Augen näher, als würde sie mich nicht richtig sehen. Ihre Haube und ihre Schürze stammten genau wie der Staubsauger aus den Glanzzeiten des Hotels. Sie stand praktisch direkt neben uns und belauschte unser Gespräch, ohne sich die Mühe zu machen, so zu tun, als mache sie sauber, doch der Kellner sprach weiter, als würde sie nicht existieren.

«Aber große Liebesgeschichten enden nie gut, nicht wahr? Hier kommen Eros und Thanatos zusammen. Nach fünf Jahren war alles vorbei. Ich habe noch nicht hier im Hotel gearbeitet, aber man hat es mir erzählt.»

«Hat sie sich im Aufzug umgebracht?», spekulierte ich, befeuert durch den Alkohol, wild drauflos. «Irgendetwas hat versagt, und dann ist sie aus einem der oberen Stockwerke abgestürzt …»

«Aus dem fünfzehnten.» Der Kellner sah mich befremdet an, als hätte er irgendeinen Verdacht oder als würde er es bereuen, dass er so redselig gewesen war. «Aber warum erzähle ich Ihnen das, wenn Sie doch schon alles wissen. Señora Carlota kam aus ihren Gemächern, aus denen später die Hochzeitssuite wurde. Sie konnte den Liftboy nicht finden oder wollte den Aufzug selbst bedienen, glauben Sie mir, ich spreche als Fachmann, das ist gar nicht so leicht, wie die Leute denken. Ich übertreibe nicht, wenn ich Ihnen sage, dass ich diesen Apparat lieb gewonnen habe, trotz der traurigen Geschichte. Das ist keiner von diesen unpersönlichen automatischen Aufzügen, die man heutzutage hat, ich gebe Ihnen mein Wort, er ist wie eine Stradivari. Es macht mich traurig, wenn ich daran denke, dass er auch bald hin ist. Der letzte handbetriebene Aufzug von Buenos Aires. Wie hieß es damals in der Zeitung: der Sarg von Señora Carlota.»

«Der Chef hat sie umgebracht. Er hat den Mechanismus manipuliert, damit Carlota stirbt.»

Der Kellner und ich, wir brauchten einen Moment, bis uns klar war, woher die Stimme kam und zu wem sie gehörte, sie klang so unbeteiligt wie die der Nachrichtensprecher im Radio. Anfangs hielt die Frau schweigend unseren Blicken stand. Sie war klein, ein wenig krumm, eine von den Frauen aus anderen Zeiten, die im Alter von der Hausarbeit eine verkrümmte Wirbelsäule und kaputte Knie bekommen. Als sie wieder mit ihrem kaum merklich durch den argentinischen Tonfall veränderten harten spanischen Akzent zu sprechen anfing, schaute sie nur mich an, aber ihr stark kurzsichtiger Blick blieb ruhelos. Hatte sie vielleicht Abengoa die Geschichte erzählt und ihm den Stoff für die ausgedehnte Lügengeschichte geliefert, die er mir dann aufgebunden hatte?

«Jetzt, wo der Chef tot ist und das Hotel abgerissen wird, können es ruhig alle wissen», sagte sie und stellte sich betont aufrecht hin, ganz in Schwarz wie eine spanische Frau vom Dorf. «Señor Fainberg war verrückt nach ihr, aber Carlota bedeutete er nichts. Ich kannte sie gut, ich war ihre Assistentin am Theater, und als sie Fainberg heiratete, nahm sie mich mit. Nach kurzer Zeit langweilte sie sich und behauptete, wegen dieses Mannes hätte sie ihre Karriere aufgegeben. Reine Lüge, sage ich Ihnen. Die Karriere von Carlota war vorbei, nur deswegen hat sie in die Hochzeit eingewilligt, um sich eine gesellschaftliche Stellung zu sichern. Und die fünf Jahre, die sie danach noch gelebt hat, hat sie ihn ständig betrogen. Vor mir hat sie das nie verschwiegen, wie denn auch, ich kannte sie ja seit ihren frühesten Anfängen. Es wurde immer schlimmer, sie bot sich den Kunden an wie eine Hure unter der Laterne. Sie ging mit einem von ihnen aufs

Zimmer, und der Chef lief durch die Flure und suchte sie. Er schüttelte mich, damit ich ihm sagte, wo sie war. Manchmal überraschte er sie mit einem Liebhaber und ging in das Zimmer, um ihn mit Fußtritten hinauszubefördern, stellen Sie sich mal vor, wie peinlich das für ein Hotel dieser Kategorie war, was für ein Skandal. Ich war immer in ihrer Nähe, falls sie mich brauchte, aber glauben Sie nicht, sie hätte mich besser behandelt als ihren Ehemann. Sie war sehr eitel und glaubte noch immer, sie wäre in Buenos Aires eine große Schauspielerin, dabei hatte das Publikum sie längst vergessen. Eines Morgens sah ich, wie sie im fünfzehnten Stock aus dem Zimmer eines Gringos kam, mit dem sie die Nacht verbracht und einen Heidenradau veranstaltet hatte. Von meinem Zimmer aus konnte ich alles hören: das Gelächter der beiden, das Klopfen an der Wand, das Quietschen des Bettes, ihre Schreie und die von dem Gringo, die sich anhörten wie in den Wildwestfilmen, wenn die Cowboys auf einen Stier oder ein wildes Pferd steigen, diese Schwachköpfe. Als Carlota herauskam, war der Aufzug gerade auf dem Stockwerk, aber der Liftboy ließ sich nicht sehen, was für ein Zufall, das kam eigentlich nie vor. Sie bediente den Aufzug gerne selbst. Ich sah, wie sie in den Aufzug stieg, und eine Minute später war sie tot, ihr Körper zerschellt.»

Die Frau hörte auf zu reden, starrte mich aber weiter an. Ich erschauderte, als ich bemerkte, dass ich ganz allein mit ihr war. Vage erinnerte ich mich, dass es geläutet hatte, während ich ihr zuhörte, und der Kellner daraufhin seine rote Uniformjacke ausgezogen hatte und gegangen war. Ich stellte mein leeres Glas auf die Theke und versuchte irgendeine Geste zu machen, um die verkrampfte Situation zu lösen, die Achseln zucken oder lächeln. Aber ich hatte die blonde Frau doch nicht erfunden, trotz Alkohol und schummriger Beleuchtung hatte ich sie gesehen, ich hatte ihr nach Geißblatt duftendes Parfum gerochen, ich nahm es fast immer noch wahr, es streifte mich wie eine Andeutung, wie die Gegenwart von etwas.

«Sie haben sie in all den Jahren immer noch gesehen», sagte ich, aber die Frau blickte mich an, als spräche ich zu ihr in einer fremden Sprache. «Sie haben sie im fünfzehnten Stock gesehen und vor kurzem im Speisesaal, nicht war? Sie sind immer in ihrer Nähe, wie damals, falls sie etwas braucht. Sie haben gesehen, wie sie mir zuzwinkerte und mich um Feuer bat, so wie sie das mit den Gästen machen würde, wenn sie noch lebte, sie würde so tun, als hätte sich ein Absatz gelöst.»

«Sie sollten jetzt besser gehen.» Die Frau stöpselte unerwartet den Staubsauger wieder ein, und als sie sich herabbeugte, um einen bestimmten Punkt des endlosen Teppichs zu reinigen, war sie wieder das alte, kleine Zimmermädchen, gewöhnlich und ein bisschen lächerlich, eine glücklose Emigrantin, ohne jedes Geheimnis. «Sie sollten auf der Stelle verschwinden. Sie sind viel zu jung, um so viel an die Toten zu denken.»

XI

Früher oder später gibt es immer einen Moment, in dem die zufriedenste und selbstgenügsamste Einsamkeit sich in einen Zustand erbärmlicher Demütigung verwandelt, in dem man sich ganz jämmerlich wünscht, eine Ehefrau oder eine selbstlose Mutter möge sich um einen kümmern. Am Montag hätte ich nach Pittsburgh zurückfliegen sollen. Am Sonntag spürte ich ein unangenehmes Kratzen im Hals, und ich durchlitt mehrfach die Hitzewallungen, die an dem unheilvollen Morgen meines Vortrags angefangen hatten und die ich für psychosomatische Folge des durch den unsäglichen Terminator hervorgerufenen Wutanfalls hielt. Besorgt dachte ich an den unvorsichtigen Mittagsspaziergang auf der Costanera, als eine fast sommerliche Sonne schien und atlantische Windböen meinen Schweiß kühlten. Über das Wasser des Río de la Plata gebeugt, hatte ich mich an Borges erinnert:

Also auf diesem trägen und schlammigen Fluß wären damals all die Boote gekommen, mir die Heimat zu gründen?

An jenem Nachmittag schlief ich während der Siesta einen erschöpften, unruhigen Schlaf. Als ich aufwachte, hatte ich Fieber, und jedes Mal wenn ich schluckte, fühlte es sich an, als würde meine Kehle zerreißen. Ich habe auf Reisen immer Tylenol dabei. Ich nahm zwei Tabletten, die mir ein wenig Erleichterung verschafften, und versuchte wegen der Halsschmerzen schluckweise viel Wasser zu trinken. Es war kaum Nacht, als ich mit der trügerischen Schlaftrunkenheit des Fiebers einschlief. Ich hatte noch die Hoffnung, dass es mir am anderen Morgen besser gehen oder dass ich zumindest in der Lage sein würde, zum Flughafen zu fahren und ins Flugzeug zu steigen. Ich bat darum, mich um sieben zu wecken. Um halb fünf war ich wach, mein Kopf glühte, die Zunge war rau, der Hals geschwollen, ich war körperlich und seelisch in einem erbärmlichen Zustand, den nur jemand nachvollziehen kann, der selbst eine Nacht mit Fieber in einem Hotelzimmer verbracht hat.

Um sieben akzeptierte ich die Tatsache, dass ich die Reise nicht antreten konnte. Im Fieberdelirium musste ich quälende Telefonverhandlungen führen, erst um meinen Flug umzubuchen und möglichst ohne horrende Stornogebühr für einen der nächsten Tage einen Platz zu reservieren, dann musste ich bei der Hotelleitung nachfragen, ob ich noch einen Tag länger bleiben konnte, was eine Reihe von Schwierigkeiten, Missverständnissen und Verzögerungen nach sich zog. Wegen des ansteigenden Fiebers wurde alles immer schleppender und verworrener, und als ich auflegte, warf ich mich wie ein Überbleibsel meiner selbst auf das Bett des mit jedem Augenblick unfreundlicher werdenden Zimmers.

Ich rief auch Morini an, und aus Angst, er könnte glauben, dass meine Krankheit nur vorgeschoben war, um die Reise zu verlängern, übertrieb ich meinen Zustand unnötig und sprach mit betont heiserer Stimme. Ich solle mir keine Sorgen machen, sagte er, die Gesundheit ginge vor, er hätte alles unter Kontrolle, dafür wären Freunde doch da.

Am Mittwoch war ich schließlich in der Lage, die Rückreise anzutreten. Es kommt mir in der Erinnerung wie ein Albtraum vor: das Einchecken in Ezeiza, die riesigen Schlangen vor den desks; der enge Sitz in der Touristenklasse, auf dem ich zwölf Stunden zubrachte, während deren die Fieberschübe und die in mir aufsteigende Platzangst mich wieder zu dem machten, was man ist, wenn man mutterseelenallein in einem fremden Land krank wird: zu einem Paria.

Während meiner zehntägigen Abwesenheit war der Schnee von der waldreichen Landschaft Pennsylvanias verschwunden und mit ihm jede Spur von dem Winter, den ich bei meiner Abreise zurückgelassen hatte. Auf den Wiesen des Humbert College, dem weiten Feld der Humbert Commons, leuchtete in der Sonne der Rasen in einem kräftigen Hellgrün, und überall roch es saftig nach dem Gras, das die lawn mowers mit ihrem monotonen Schnurren mähten. Die Amerikaner nehmen die Versprechen des guten Wetters so fanatisch ernst wie die des american way of life. Die Studenten lagen in Shorts, Hemd und barfuß unter den großen Kastanien auf dem Campus, die fast zur selben Zeit neue Blattknospen und rosa Blüten hervorgetrieben hatten; sie waren wie weiße Flecken auf dem intensiven Grün der nach sechs Wintermonaten in ein paar Tagen wieder erblühten Wiese.

Ich will nicht verhehlen, dass mein Herz unkontrolliert klopfte, als ich die große, schwere Eingangstür der Humbert Hall aufstieß, wo die Hörsäle und die Büros des Instituts sind. Als ich am Abend zuvor völlig kaputt von der Reise nach Hause gekommen war, hatte ich den Anrufbeantworter abgehört, weil ich wissen wollte, ob Morini mir eine Nachricht hinterlassen hatte, denn während ich am Nachmittag in einer Boeing 747 über den Golf von Mexiko geflogen war, hatte man über meine Beförderung zum full professor entschieden. Aber da war keine Nachricht auf der answering machine, weder von Morini noch von sonst jemandem, und dieses Schweigen schien nichts Gutes zu verheißen. Ich tröstete mich, so gut ich konnte, damit, dass Morini einmal gesagt hatte, er würde auf diesem seelenlosen Apparat nur ungern wichtige Nachrichten hinterlassen. Ich war versucht, ihn zu Hause anzurufen, aber um diese Uhrzeit hätte ich das nie gewagt, es war immerhin schon halb elf. Jemanden nach zehn anzurufen ist in Pennsylvania fast so eine Todsünde (und fast so ein

Verbrechen), wie sonntags morgens auf dem Parkplatz einer Kirche Alkohol zu trinken.

Ich schlief trotzdem gut, weil ich die letzten drei Nächte kein Auge zugetan und zwei Schlaftabletten genommen hatte. Nichts ist dem persönlichen Gleichgewicht förderlicher als eine Nacht wohl tuenden Schlafes. Trotz der Unruhe fuhr ich gut gelaunt die zwanzig Meilen auf dem Humbert Drive, die mich von meiner Arbeitsstelle trennten, und als ich mein Auto abstellte, grüßte ich mit einem überaus optimistischen Hi die Sekretärinnen des Spanish Department, die vor dem Gebäude standen, um eine zu rauchen. Sie sind normalerweise sehr freundlich zu mir, aber an diesem Nachmittag antworteten sie nur fahrig, und die Chefin der Verwaltung schaute in eine andere Richtung, als hätte sie mich nicht gesehen.

Aber man muss den Dingen ins Auge sehen, um einen beliebten Ausdruck von Marcelo M. Abengoa zu gebrauchen. Ich ging zu Morini ins Büro, der gerade telefonierte. Er lächelte mir zu, streckte die Hand aus und bedeutete mir, mich hinzusetzen. Und nachdem ich geschlagene zwanzig Minuten gewartet hatte, bis das offenkundig banale Gespräch, das man zumindest kürzer hätte halten können, beendet war, sagte er mir ohne Umschweife, er bedaure, dass er mir die Nachricht überbringen müsse, aber das Institut habe meine Beförderung abgelehnt und sich für einen anderen Kandidaten entschieden, den man für more suitable hielt.

Bis zu diesem Moment hatte ich nicht gewusst, dass es noch einen anderen Bewerber für die Stelle gab, die man mir während der letzten Monate als sicher in Aussicht gestellt hatte. Ich konnte die Fassung nur bewahren, weil ich saß. Andernfalls hätte ich mich wahrscheinlich nicht mehr auf den Beinen halten können. Mit schwacher Stimme fragte ich, wer denn der andere Kandidat sei.

«Kandidatin. Ich glaube, ihr habt euch in Buenos Aires kennen gelernt.» Morino betrachtete seine perfekt polierten Fingernägel. «Ann Gadea Simpson Mariátegui.»

Als er den Namen aussprach (diese bedrohliche Liste von Namen, als wäre meine siegreiche Gegnerin ein ganzer Trupp von Terminators), schaute er auf, um zu sehen, was für eine Wirkung er auf mich hatte. Ich sah mich vor meinem geistigen Auge: ungerührt, würdig, verächtlich, stolz, geschlagen, aber nicht besiegt. Ich biss die Zähne zusammen, atmete sanft tief ein und versuchte die Tränen zurückzuhalten.

«Ich bin dein Freund, Claudio, und habe von Anfang an für dich gestimmt, du warst mein Kandidat. Aber ich will dir nicht verhehlen, dass du mit der Bewerbung von S. M. (sie zieht es vor, nur mit Anfangsbuchstaben genannt zu werden, wie du weißt) not a ghost of a chance hattest, du warst verloren, du weißt nicht, wie schwer es mir fällt, dir das sagen zu müssen, und welch schlaflose Nächte ich deswegen gehabt habe. Es ist nicht nur ihr Lebenslauf, ihre Publikationsliste oder die Anzahl an Erwähnungen in Studien und in den angesehensten Zeitschriften. Sieh mal, sie ist eine Frau und sie ist lesbisch. Mehr als zehn Prozent in diesem Land sind gay und lesbian, Claudio. Und wie viele Professoren hatten wir bis jetzt an unserem Institut mit dieser sexuellen Orientierung?»

Ich zuckte die Achseln und musste mich förmlich an den Sessellehnen festhalten, denn Morini grinste noch breiter und sagte:

«Nur mich.»

«Dich?» Beinahe wäre ich vor Überraschung aufgesprungen. Ich konnte es nicht glauben – Morini und gay? Ausgerechnet Morini, der in den Jahren vor dem strengen Vorgehen gegen sexual harassment durch Professoren und Studenten ein gnadenloser Verführer der ganz jungen Studentinnen war, die sich von seiner dunklen Hautfarbe, seinem Schnauzbart und seiner schwarzen Haarpracht so sehr beeindrucken ließen wie von der äußerst nebulösen romantischen Legende vom städtischen Ex-Guerillero oder vom verfolgten Gaucho? (Eine zweifelhafte Geschichte, die er selbst beharrlich nährte.)

«Na ja, nicht richtig gay.» Einen Moment lang sah es so aus, als hätte er Angst, ich würde ihm all seine Frauengeschichten vorhalten. «Sei nicht narrowminded, Claudio. Ich würde mich als bisexuell einstufen.»

«Also, nicht einmal das hatte ich an dir bemerkt. Ich weiß nicht, was ich sagen soll.»

«Glaubst du vielleicht, ich hätte mich von jemandem wie dir, einem dermaßen heterosexuellen spanischen Macho nicht eingeschüchtert gefühlt? Nimm das bitte nicht persönlich. Es war sehr hart, all die Jahre stillschweigend zu leiden und immer befürchten zu müssen, dass jemand wie du merkt, dass ich anders bin. Aber schließlich habe ich mich entschlossen, es rauszulassen und dazu zu stehen, wie ich wirklich bin.»

Ich wollte ihm gerade sagen, dass ich keinerlei Veränderung an ihm bemerkt hatte, aber ich zog es vor, meine Wut nicht rauszulassen, um seine Formulierung zu gebrauchen.

«Jetzt mach doch nicht ein so ein vor Selbstmitleid strotzendes Gesicht, Claudio, benutz unsere Freundschaft nicht dazu, mir ein Schuldgefühl einzuimpfen.» Vielleicht strotzte mein Gesicht vor Selbstmitleid, aber in Morinis war nicht eine Spur von Nachsicht oder Mitleid. «Schau mal, du hast in letzter Zeit nicht viel Neues gebracht. Über wen machst du deine Kurse? Was für papers schreibst du? Immer die alte Garde, immer dead white males, und natürlich alle straight, der eingefleischte spanische Machismo gibt nicht auf.»

«Aber ich habe doch vor kurzem einen Artikel über Juan Goytisolo veröffentlicht, und erinnere dich, Paul Julian Smith hat mich lobend erwähnt.»

«Natürlich, das musste ja kommen, Paul Julian Smith und das berühmte Zitat!» Morini hob theatralisch die Arme in die Höhe, als wollte er den Himmel anrufen. «Ich will dich nicht in deiner Eitelkeit kränken, Claudio, aber *en rigueur* war es kein Zitat sondern eine beiläufige Erwähnung, nicht einmal eine footnote.»

Dieses Armutszeugnis überraschte mich. Da hatte sich der Kerl doch tatsächlich die Mühe gemacht festzustellen, dass unter den Hunderten winzig kleiner Fußnoten am Ende des Artikels von Paul Julian Smith mein Name nicht auftauchte, was mir natürlich auch nicht entgangen war.

«Aber du hast doch auch über Cervantes geschrieben, Morini», widersprach ich kraftlos.

«Ja, natürlich, aber mit einem ganz neuen approach, unter Berücksichtigung von Lacan, Kristeva und vor allem der Queer Theory, ich habe mich vorgewagt, etwas riskiert, Claudio, off the beaten track, erinnere dich an meine Analyse über die Epistemologie der drag queen und cross dressing im zweiten Teil des Quijote … Aber ihr Spanier könnt es nicht ertragen, dass euer großer Held in Wirklichkeit stockschwul war, dass man ihn nicht wegen eines Steuervergehens ins Gefängnis geworfen hat, sondern in einer typisch spanischen Haltung von gay bashing, von Verfolgung des Homosexuellen, des Juden, des Dissidenten – allein euer Wort ‹maricón› kommt fast einer Steinigung gleich.»

Morini fing an, ein paar Papiere auf seinem großen Schreibtisch zu ordnen, und sah sich dann einen Brief oder ein Formular an. Allem Anschein nach handelte es sich um etwas sehr Wichtiges, er ließ es langsam sinken und hob dabei den Kopf, ohne mich anzusehen, und rückte seine Brille zurecht. Ich dachte: Das Schlimmste kommt noch.

«Es gibt noch andere Probleme, Claudio», sagte er sehr ernst. «Ich bin dein Freund und will offen zu dir sein.»

Ich schluckte und bedeutete ihm, mit der Folterung fortzufahren.

«Verdacht auf Rassismus oder zumindest auf eine gewisse race bias.»

«Aber das ist reine Verleumdung», stammelte ich wie ein Angeklagter ohne Verteidigung. Nun fühlte ich mich endgültig verloren. «Du kennst mich seit Jahren, Morini, du weißt, dass ich nie, weder in Worten noch in Taten ...»

«Eine Studentin von dir, Ayesha irgendwas ...»

«Eine Schwarze, ziemlich fett?» Schon als ich diese Worte aussprach, bereute ich es, weil mir bewusst wurde, dass ich da gerade mein eigenes Grab schaufelte. Morini machte ein Gesicht, als wäre er kurz davor, sich die Haare zu raufen, oder als wollte er mich der Inquisition übergeben, die sicher schon in der Nähe wartete.

«Eine Schwarze, ziemlich fett.» Morini äffte mit gedämpfter Stimme meinen spanischen Akzent nach und warf einen kurzen Blick zur Bürotür, die geschlossen war. «Willst du mich fertig machen, Claudio, indem du in meiner Gegenwart solche Äußerungen tätigst? Und dann beschwerst du dich, dass man dich beschuldigt, ein white supremacist zu sein! Diese afroamerikanische junge Frau, über deren äußeres Erscheinungsbild man keine beleidigende und/oder diskriminierende Bemerkung zu machen hat, ist zu mir gekommen, um sich zu beschweren, weil du ihr letztes Referat mit einem C bewertet hast.»

«Immerhin habe ich sie durchkommen lassen, oder? Sie weiß nichts. Sie macht im Unterricht nicht mit, sie spricht nicht mal mit den anderen Studenten. Sie döst Kaugummi kauend vor sich hin.»

«Du hast sie durchkommen lassen. Wie du dich anhörst, Claudio. Ihr Spanier lasst die Leute durchkommen oder nicht. Das ist der alte Geist des Großinquisitors. Bist du dir sicher, dass du dich auch nicht unbewusst von Rasse und Geschlecht dieser jungen Frau dazu hast verleiten lassen, ihr diese schlechte Note zu geben? Ich bin dein Freund, Claudio, du kannst offen zu mir sein.»

«Ich bitte dich, Morini, meine beiden besten Studenten sind Frauen, die eine african-american und die andere Chinesin, Verzeihung, chinese-american.»

Ich lächelte zaghaft in dem Glauben, einen winzigen Sieg davongetragen zu haben, aber Morini schien keineswegs überzeugt zu sein, er machte nicht einmal den Eindruck, als hätte er meine letzten Worte überhaupt gehört. Er nahm wieder ein Blatt vom Schreibtisch, ein Formular oder eine Seite aus einem Notizbuch, hob, das Papier fest zwischen den Händen, ganz langsam den Kopf und fing an zu sprechen, bevor er mich ansah. Ich fühlte mich, als würde ich gleich in ein nordvietnamesisches Umerziehungslager geschickt.

«Es ist mir sehr schwer gefallen, Claudio, ich bin dein Freund, und Freundschaft geht mir über alles. Ich muss dir sagen, dass deine Situation am Humbert College alles andere als beneidenswert ist. Ich habe mich immer für dich verwendet, aber du musst auch deinen Teil dazu beitragen. Du müsstest ein Zeichen setzen, an irgendeinem workshop über race sensitivity teilnehmen, andere Autoren und vor allem Autorinnen in deinen Kursen zitieren. Ann Gadea, so viel kann ich vorausschicken, ist eine großherzige Frau. Sie hat mir gesagt, dass sie dich sehr schätzt, und sie hofft, dass sie im Institutsalltag auf eine Zusammenarbeit mit dir zählen kann …»

In dem Moment hätte ich aufstehen, das Büro von Morini verlassen und die Tür hinter mir zuschlagen sollen, aber ich tat es nicht. Ich ging später, und die Sekretärinnen, die immer auf der Lauer liegen, lächelten mich falsch an und wünschten mir zuckersüß a good day. Sie waren besonders zuvorkommend, weil sie jemanden gedemütigt sahen, der eine höhere Position bekleidete. In meinem Büro schrieb ich Morini nach schmerzlichen Überlegungen und immer kühneren Vorentwürfen einen Brief, einen letter of resignation, in dem ich ihm mehr oder weniger erklärte, dass ich auf das akademische Jobalmosen spuckte, das er mir angeboten hatte.

Ich las den Brief noch einmal durch, faltete ihn und steckte ihn in einen Umschlag mit dem Briefkopf des Instituts. Voller Stolz stellte ich mir vor, wie ich mich gleich meinem Freund Mario Said von keiner akademischen Entbehrung brechen ließ. Beim Verlassen des Büros steckte ich auf dem Weg zu Morinis Büro den Brief in die Tasche.

Dort steckt er jetzt, zwei Wochen später, immer noch. Für mich ist das keine Frage von Feigheit, sondern von Vernunft. Soll ich in meinem Alter nach Spanien zurückkehren oder irgendwo wieder bei Null anfangen, wo mein Häuschen fast bezahlt ist und Morini und Ann Gadea, wie es aussieht, auf mich zählen und meinen möglichen Beitrag zu einer neuen Epoche der Institutsgeschichte zu schätzen wissen?

Ende Mai, wenn das spring semester zu Ende ist, will ich nach Madrid reisen. Es gab immer etwas zu tun, und ich war schon seit drei Jahren nicht mehr in Spanien. Ich muss in meinen Unterlagen nachschauen, ob ich die Karte von Marcelo Abengoa noch habe. Ich würde ihm gerne sagen, dass das Town Hall Hotel in Buenos Aires bestimmt schon abgerissen wurde und dass Carlota Fainberg nur noch in uns beiden, in unserer Erinnerung oder unserer Phantasie, lebt.